新潮新書

橋本 治
HASHIMOTO Osamu

いつまでも若いと思うなよ

639

新潮社

いつまでも若いと思うなよ　目次

終章　ちょっとだけ「死」を考える

・遠い昔に死んだ猫の記憶
・猫の羞恥心
・「死」をちょっとだけ考える

203

第一章　「老い」とはまず他人事である

「ただでさえ年寄りはきたないものだから」

「ただでさえ年寄りはきたないものだから」と言ったのは、戦前の有名な女方で、「田《たん》圃《ぼ》の太夫」と呼ばれた歌舞伎役者の四世沢村源之助《げんのすけ》です。晩年の彼の浅草の独り暮らしの住居を訪ねた人物が、家の中がきれいに片付いているのを見て、「ずいぶんきれいにしてらっしゃるんですね」と言った——その答が「ただでさえ年寄りはきたないものだから、身の周りくらいはきれいにしておかなければ」というものでした。

このある意味ではどうでもいい話を二十代の初め頃に知って、私はびっくりしました。「ただでさえ〜〜なのだから、普段から気をつけておかなければならない」というのは、日本人の美意識のあり方をあらわす構文で、美しさを売り物にする女方役者が「きれいにしておかなければ」と考えるのは当たり前ですが、でもその源之助自身がもう「年寄り」になってしまっている。この時の彼がどのくらいの「年寄り」だったかは忘れましたが、「若さと美貌」を前提にする女方役者が、多少の自負心はあるにしろ、自身が「年寄り」であることを承知して、「ただでさえ年寄りはきたないもの云々」と言ってのけてしまう威勢のよさにあきれて、感心しました。

一九四八年生まれで二〇〇八年には六十歳になっている私は既に前期高齢者で、その昔は祖父母と同居して育ちました。私にとっての年寄りは「おじいちゃん、おばあちゃん」で、よその家の年寄りだったら「おじいさん、おばあさん」です。身近に当たり前にいて、接することも当たり前ではあるけれど、子供の自分とでは距離がありすぎる。同じ敬語付きの存在ではあっても、年寄りは「おとうさん、おかあさん、おじさん、おばさん」よりも遠い。だからその年寄りに対して、あまり「クソジジィ、クソババァ」とは言わない。言うんだったら、もう少し自分に近い「おじさん、おばさん、おとうさん、おかあさん」世代を呪って「クソジジィ！　クソババァ！」と言う。

「年寄り」というのは当たり前に存在して、でも「年寄り」である分「普通の人間」とは違う――だから「年寄り」という別カテゴリーに属するものと考えてしまう。つまり、

「年寄りは生まれつき年寄りなのだ」と考えてしまう。そんな考え方をしていた子供は、私一人ではないと思います。

相手が「年寄りだ」というだけでは、年寄りを身近にして育った子供はあまり年寄りを嫌わない。大体、年寄りというものは孫に甘いもので、特別に「いやな」という言葉を冠された年寄りでなければ、子供は年寄りを嫌わない。でも思春期を過ぎて、人間には「変わる」ということが訪れることを知ってしまうと、それが微妙になる。自分とは関係ない形で存在していたはずの「年寄り」なのに、ふっと「自分だって年を取ってしまうかもしれない」と思う。だから、皺くちゃだったりヨタヨタしていたりする年寄りを嫌いたくなる。嫌って、視界から年寄りを排除して、自分が年寄りになる可能性も消去したくなる。しかしその一方で、頭の中には「おじいちゃん、おばあちゃん」と言って年寄りに親しんでいた記憶もまだ残っている。それでなんとなくもやもやしているところに飛んで来たのが、「ただでさえ年寄りはきたないものだから」という威勢のいい決め付けだったから、「すげェ」と思ってしまった。しかも、そんな断定をしてしまう人も「年寄り」なんだから、「この断定は裏付けのある確かなことなんだろう」と、まだ二十代初めで腰の引けている私は、その威勢のよさに感嘆してしまう。

はっきり言って、その時の私は、「いざとなったら〝ただでさえ年寄りはきたないものだから〟という切り札が使えるな」と思っていた。別にどこで使おうというつもりもなかったから、今ここで初めて使っているのだけれども、若い頃の私は、そういう名言を吐く名高い伝説の悪婆《あくば》役者（「悪婆」というのは、若くて色気があって小悪党であることを忘れさせてくれるような生きのいい女で、ババァではない）四世沢村源之助を偉大だと思っていたのだけれど、そう思う私は、さすがにまだ若かった。

鋭敏な美意識と強い自負心を持つ源之助だからこそ、自分の「老い」などというものを簡単に一蹴しきれたんだろうと、若い頃の私は思っていたのだが、そんなことはない。年寄りというものは、まず自分が「年寄り」であるということを認めないものだ。子供の時以来の思考習慣で「年寄りは年寄り」とこちらは思っているが、年寄りは自分のことをそんな風に考えない。

年寄りが「自分は年寄りだ」と認めるのは、自分の体が弱っていることを自覚した時だけで、その時以外は、自分の「老い」というものは他人事なのだ。この私だって、自分のことを「前期高齢者」だと言っておいて、年寄りの自覚があるんだかないんだか分からない。だから、威勢のいい年寄りなら誰だって、「ただでさえ年寄りはきたないものだから」と言えるのだ――自分を棚に上げて。

誰も「年寄り」でありたがらない

何年前だったか、「老人の医療費の額が莫大で国民健康保険がパンクしそうだ」ということになって、「六十五歳以上を前期高齢者、七十五歳以上を後期高齢者として、分けて別扱いして考えよう」になった時、もう諸所方々から「人を〝後期高齢者〟だなんて決め付けるのは失礼だ、無礼だ！」という声が上がった。そりゃそうかもしれないけれど、そんなことを言っていたら、日本のどこにも「高齢者」は存在しなくなってしまう。

「後期高齢者という決め付けは失礼だ」と言う人は、「高齢者を前期と後期に分けること自体が失礼だ」などと言ったりもするわけですが、やっぱり百歳と七十歳じゃ、同じ高齢者でも違うでしょう。だから「高齢者」というものを扱う公的機関では、前期でも後期でもなんでもいいから、線引きをするのが必要になって、でもしかしそうなると、今度はその線引き自体が問題になる。「同じ高齢者でも百歳と七十歳は違うと言うが、七十歳は高齢者なんですか！」と言う人間が必ず出て来る。

いくつからを「高齢者」として規定するかという線引きは、「七十はまだ高齢者じゃない！　八十だってまだまだ元気だ！　高齢者だなんて失礼だ！」という声に押されてどんどん引き上げられる。「いくつから上を高齢者とするのが妥当か？」の答は、「十分に年を取り過ぎてもう文句を言わないようになった年頃」にしかならない。きっとそれは、「ご長寿」と言われる九十歳とか百歳以上になってからなんだろう。そうなると、超高齢大国と言われる日本で「高齢者対策」ということが不要になる。なにしろ「高齢者」は存在しないのだから。

問題は、「ご長寿さん」と言われる人を祝福することではなくて、その手前にいる種々の問題を発生させかねない「高齢者」のことを考えるところにあるのだが、「高齢者としての線引きはいやだ！」を野放しにしてしまうと、超高齢大国の日本から「高齢者」なるものがいなくなるか、激減してしまう。そうなると、理論上は老人向け医療費の増大といった種々の問題が消滅することになるはずなんですが、そんなことはない。「高齢者として認定されるのはいやだが、高齢者であることへの特典を受け入れるのはやぶさかではない」という人は世間にいくらでもいるので、そういう人達が「私を大事にしろ」と言い始めれば、高齢者問題は解決なんかしないでしょう。往生際が本当に悪い。

年齢を尋ねられて「六十だ」「七十だ」「八十だ」と答えるのはいいが、それは「お若く見えますね」「お元気ですね」と言われることを想定しての話だから平気なので、それに対して「高齢」「年寄り」「老人」「おじいさん」「おばあさん」というような言葉を使ったら、「高齢」であるはずの相手はおそらく怒る。その場では怒らなくても、後になって「失礼な」と怒る。

ともかく、年寄りに対して「年寄り」と言ってはいけない(らしい)。昔は違ったのに。

「年寄り」に関する話なら、絶対に「昔のこと」は参考になるはずなんだが、今の年寄りは「昔の年寄りと今の年寄りは違う」と思っているから、昔の話なんかを参考にしたがらない。参考にすれば得るところだってあるかもしれないのだから、参考にすればいいのに、あまり素直に耳を傾けない。

今の年寄りは自分が「年寄り」であることを認めたがらないが、昔の年寄りは簡単に認めた——そこが大きく違う。昔の年寄りは、自分に対する扱いが悪かったり手抜きだったりすると、「年寄りを粗末にするな!」と怒った。自分のことを「年寄り」だと認めているからそういう怒り方をしていたわけですが、そういう怒り方をするということは、「年寄りだから特別扱いされる」という原則があったからですね。

でも、昔の社会が年寄りを大切にしていたかどうかは分からない。道で若造とぶつかって「ボヤボヤすんなクソジジィ！」と言われることが多かったであろう時期ほど、「年寄りをバカにしやがって」という怒り方を年寄りはしただろうということは、容易に想像出来る。

「年寄りは年寄りであることにプライドを持っていた」とその理由を考えることも出来るが、それほど美しい話でもないような気がする。だって、エラソーな年寄りは、男女を問わず、自分が年寄りであることにプライドを持っていて、そのプライドは「年寄り」であること以前の「えらい自分」に由来するものだ。もちろん、「年寄りであることのプライド」を持っていた人はいくらでもいただろうけれど、今の時代に「年寄りは年寄りとしてのプライドを持ちましょう」なんて言うと、そこに「〝プライド〟という嵩上げがなければ自分が年寄りであることが認められない」という嘘臭さが匂ってしまう。

昔の年寄りが年寄りであることを簡単に認められたのは、「若い」ということに対して価値がなかったからですね。若いということに価値があるのは女だけで、男の「若い」は「稚い」で「稚拙」で「青い」だから、たいして価値がない。年寄りであることを特別に嵩上げしなくたって、「俺は年寄りだ」は簡単に認められる。「俺は年寄りだ」と認めて、それでどうということもない。

『船頭さん』という童謡がある。村はずれの川には渡し場があって「今年六十のお爺さん」がその渡し船の船頭になっている。年を取ってはいるが、船を漕ぐ時にその爺さんはとても元気だという歌で、三番まである歌詞の中に「お爺さん」という言葉は三回出て来て、雨の日でもお爺さんは元気だし、お爺さんはニコニコしているという、格別な「年寄り讃歌」ではない、「ただのお爺さん」の歌で、五十代も終わりに近づいた頃、私はこの歌を思い出して、それ以来ずっと、折にふれては「俺なんかもう〝今年六十のお爺さん〟だからさ――」と言っている。「もう年寄りなんだから、少しは加減をしてくれよ」と仕事相手の編集者に言っているのだけれど、言って素直に受け取られたためしがない。「お爺さん」という言葉にだけ反応して、「そんな風には見えませんよ」と言われる。問題は、「ジーさんに見えるかどうか」ではなくて、「今年六十だからもうジーさん」の方にある（別にそう息まくほどのことでもないが）。

『船頭さん』という童謡の歌詞は、とても含蓄が深い。「村の渡しの船頭さんは　今年六十のお爺さん」といきなり始められるが、この人物は、「六十になったからお爺さんと認定された」というわけではない。彼は「それ以前からお爺さんで、今年たまたま六十である」というだけの話で、「六十で還暦だからもうお爺さんだ」というわけではない。根拠なくアバウトに「お爺さん」で、だからどうというわけでもない。船の上では誰よりも元気で、「ソレ　ギッチラ　ギッチラ　ギッチラコ」と船の櫓をしならせている「元気なジーさんの歌」ではあるけれども、そうなると現代では、「元気なんだから、わざわざ〝お爺さん〟とか〝年を取っている〟という表現をする必要はないだろう」ということにもなりかねない。「今年六十」で「お爺さん」であることは一つの目安なんだから、それでいいじゃないかと、私なんかは思うけれど。

「今年六十のお爺さん」である船頭さんは、船を漕いでいる時は自分の役割を果たすことに充足して元気かもしれないが、渡し場で利用客を待っている間は背中も曲がって、「船頭さん、お願い！」と言われたらおっくうそうに、「よっこらしょ」と言って腰を上げるのかもしれない。

そのように寄る年波というのはやって来るもんだから、まだ「無理ではないが、そうそうめんどくさいことはやってられないよ」という意味で、私は「俺なんかもう〝今年六十のお爺さん〟だからさ――」と言っていたわけで、「お爺さん」にはその程度の意味しかない。

世の中には、「何歳になったら年寄りだという決め方をするのはおかしい！」と言って怒るなんでも「社会のあり方がおかしい」派の人はいるけれど、「私は社会通念上年寄りではあるが、それに反して私自身は一向に年寄りらしくないので笑っちゃうね」というあり方もある。それこそが「社会のあり方に縛られない」で、「一律に年寄り扱いするのはおかしい！」と言う人は、自分の老いをネガティヴに意識しすぎて八つ当たりをしているだけのような気がする。

「老い」というのは人生の結果だから、「老い」のあり方は人それぞれによって違う。「どこら辺で年寄りになるか」も、人によって違う。誰でも年を取るということだけが共通して、その年の取り方はそれぞれに違う。「違う」のは当たり前だから、「一律に年寄り扱いするな！」と年寄りが怒るのも道理だが、そんなことよりも、「一律に年寄り扱いをされても、違うものは違うんだからしょうがない」と、「一律扱い」の無効性を承知して、その「一律」を引き受ける方が素敵なような気がしますけどね。

「年を取る」ということと、「自分の老いに潰される」ということは違うことで、年を取る内にいつかは「自分の老いに潰される」ということも訪れましょうが、そうなっても困らないように、早い内から「自分は年寄りである」と思い込む癖をつけておいた方がいいと思います。「年を取る」ということは結構むずかしくて、自分が思い込むだけで出来るようなもんでもないのですが。

そう簡単に「年を取ること」に慣れられない

「戦後」は最早七十年を超しましたね。戦後生まれの人間でももう七十歳だけれど、「戦後の空気を吸って育ったそれ以前生まれの人間」は、更に上の年齢になる。それまでは軍国少年だったのが、「終戦を境にしてデモクラシー青年に変わってしまった八十代」なんていう人は、いくらでもいると思う。

戦後という急激な転換で困ってしまうことが一つあって（もっとあるかもしれないけれど）、それは「年寄りを古臭いと思って軽んじる」という風潮ですね。戦前の空気の中で人生を生きてしまった老人が、戦後の雰囲気の中で「古臭い」になってしまうのは仕方がないですが、問題は、その若く新しい時代に育ってしまった人達が、「若い」という単純な一方向の信仰から離れられないことですね。

「若い方がいい、新しくなきゃだめだ」に慣れてしまうと、その一方向の激流から抜け出すことが出来ない。いつの時代だって、若い者は「年寄りくたばれ！」と叫びたがるものですが、昨今の「年寄り扱いをするな」ばやりの背景には、その人達の生きてしまった時代が「新しさ」と「若さ」一辺倒だったことも大きく影響してると思いますね。「若くない」と認定されたら時代の第一線から追い払われる——そういう心理があるから、「自分はまだ若い、年寄りなんかじゃない」と思いたがるんでしょうね。

物事の基準が「若い」というところにあるから、そこから離れられない。「離れたら終わりだ」という気があるから、「老いる自分」が認められない。そのような時代状況が「戦後」には延々と続いて来て、「老いる」というのは、その上り調子の若さとは正反対の方向にハンドルを切ることだから、なかなか呑み込めない。

昭和のバブルがはじけた後で、何度「もう右肩上がりの経済成長の時代は終わった」と言われたことか。でも、「右肩上がり」を終わらせてしまうと「ジリ貧」しか待っていない。だから、「右肩上がりの時代は終わったんだ」と思っても、やっぱり「右肩上がり」を望んでしまう。それでアベノミクスがやって来るけれど、アベノミクスの危うさは、やっぱり「時代そのものが老いてしまっていることへの備え」が欠けていることなんじゃないかと、私なんかは思いますね。

「老いた」は分かっているけれども、「老いる」ということがどういうことかよく分かっていないから、「老い」が呑み込めない。「老い」が他人事になってしまう最大の理由は、「老いを他人事にしたいから」ではなくて、「老い」ということがよく分からないからではないかと思いますね。

「年を取ると種々の病気にかかりやすい」という話はありますが、でも「老い」は病気ではない。だから、「老い」は治らない。すべての病気が治るというわけではないけれど。病気になれば人間は「治る」ということを考える。でも、「老い」は病気ではないから、「治る」ということはない。「老い」というのは、右肩上がりの若さの時代が終わった後の、「終わり」へと向かうゆるやかな下り坂で、これはそういう一方向のものだから「向きを変える」ということは起こらない。とりあえず「死」というゴールのことは別にして、「老いは一方向の下り坂」と言われれば、「そうだな」と頷くしかないのだが、それまでにそんな考え方をしたことがないもんだから、すぐにそれを忘れてしまう。

私自身も、それを忘れてしまう――「年を取る」ということがどういうことか、まだよく分かっていないから。

　五十歳を過ぎたある日、朝起きて鏡の前で歯を磨いていて、自分の顔色があまりよくないことに気がついた。長い仕事をずーっとやり続けていたから、「あ、疲れてるんだ」と思った。「疲れている」ということでさえ、人間はあまり気がつかないが、その時の私は気がついた。それで「あんまり睡眠時間を削らないで、寝るようにしよう」と思った。「疲れている」と気がついた時の私の対処法は「まず寝る」なので、その日はちゃんと眠った。その日もその次の日もちゃんと眠ったはずなのだが、三日たっても顔から「疲れ」の色が消えていない。「あれ?」と思って、しばらくして気がついた。「これは疲れじゃないよ、老いだよ」と。

　もう五十を過ぎているのだから、顔に「老い」が現れても不思議はない——ということを、現れてから理解した。以前からそういうものが顔に出ていたはずなのに、そういうことに気がつかなかった。それで、「そうだ、これからはこのままなんだ」と思った。「治る」とか「回復する」ではなくて「このまま」——そしてその内に老化はもっと進む。そういうものだから、「自分の老い」を受け入れるのはむずかしい。

第二章　年を取ろう

年を取るのはむずかしい

十代目金原亭馬生《きんげんていばしょう》という落語家がいた。いずれも故人だが、名人五代目古今亭志ん生の長男で、弟は才あって名高い三代目古今亭志ん朝だった。馬生は真面目で地味な芸風の人だったが、噺家らしいクラシカルな趣があって、私は結構好きだった。当然、破天荒な父親とはまったく芸風が違う。おそらくはそれが悩みでもあったのだろうが、父親に死なれた時、彼は「年を取る決心」をした。

「年を取らなくちゃだめだ」と思った彼は、深酒その他の不摂生による「年を取る道」を選択して、数年もしたら髪の毛が真っ白になっていた。「この人は本気なんだ、すごいな」と私は思ったが、頭が真っ白になった馬生はすぐに死んでしまった。頭は白くなったけれど、馬生が選んだのは「年を取る道」ではなくて、「身体を壊す道」だった。いかにも真面目で融通のきかない彼らしい、しかも落語家らしいオチの利いた話だが、可哀想だった。

父親の志ん生は、極め付きのシュールな人である。人としての出来上がり方が違うから、真似なんかしようとしたって出来ない。当然、馬生は志ん生になんかなれっこない。でも、お手本となるような父親が志ん生だったりすると、「俺はどうすりゃいいんだ?」にもなってしまう。悩みどころとしては、「俺は若くて真面目だから、堅すぎて味がない」というところだろう。だから、「年を取らなくちゃだめだ」と考える。そこまでは正しいけれど、「年を取る」というのは「年を取って行くその時間経過の内に、いろいろな変化が起こる」という発酵現象みたいなものだから、そう簡単に年は取れない。

「真面目な金原亭馬生は、待つってことが出来なかったんだな」と思った。馬生が死んだのは志ん生が死んで十年に満たない頃で、親の志ん生が死んだのが一九七三年だから、私が馬生の死を聞いて「あーあ」と思ったのは三十代の初め頃だろう。二十代の私は「年取らなきゃだめだな」と思っていたので、馬生の「年を取る覚悟」を知って、「えらいな」と思ったのだった。

十代の私はイラストレイターになりたかった。それが大学に入って二十歳を過ぎたら、もうなっていた。なっていたのかどうかは分からないが、ひょんなことからイラストレイターの仕事が舞い込んでしまっていた。それで、内心困っていた。私は別に絵の学校に行ったわけでもないし、子供の時から絵を描くのが好きだったわけでもない。「もう少し練習して、大学卒業してから――」と悠長に考えていたスケジュールが勝手に早められてしまったから、焦った。

「だって、下手じゃん。こんな下手なやつのところに絵を描く仕事が来るなんてどうかしてる」と思いながら自分のところに来た仕事をこなしていた。当たり前の話だが、自分で自分のしていることが納得出来ない。一人で「線を筆で引く練習」などということをしていたが、そんなことで成果が簡単に上がるわけがない。「どうしよう?」と思って、あることに気がついた。

二十代の私が一番身近に感じていたのは、四世鶴屋南北という江戸時代の歌舞伎作者だった。彼は芽が出るのが遅くて、歌舞伎作者の地位を確立出来たのが五十歳の年だった。そこからスタートして、七十五歳で死ぬまで、彼は休みなく作品を書き続ける。しかも年齢を重ねるほど、その作品が長大になって来る。「とんでもなくエネルギッシュなジーさんだな」と思って憧れたが、鶴屋南北の生きた時代には、他にもそんなジーさんがいた。

真面目なくせに軽薄な文筆稼業の戯作者に憧れて、「でもあなたには向かないから」と言われて下駄屋の入婿になった男がいて、でもやっぱり文筆業をあきらめられない彼は、読本という真面目な自分にふさわしいジャンルを発見して開拓した。その男の名は曲亭（滝沢）馬琴で、南北より十二歳年下の彼が読本作者への道を歩き始めたのは四十前の三十八歳だが、その彼が完結まで二十八年かかる大長篇『南総里見八犬伝』の刊行を開始したのは、四十八歳の年だった。こちらもアバウトな計算で「五十から七十五まで」である。

馬琴が書く読本に挿絵を提供したのが、彼より七歳年上の葛飾北斎で、それまで落着きの悪かった彼の画風が安定して「葛飾北斎」が出来上がるのは、読本挿絵の仕事に打ち込み始めてからで、四十一歳の馬琴が書いた『椿説弓張月』の挿絵を北斎が描いたのは四十八歳の年だった。五十近くになってやっと画風の確立した北斎が彼の代表作となる『富嶽三十六景』のシリーズを世に出すのは七十歳を過ぎてのことで、九十歳近くまで彼は現役の絵師だった。十九世紀初頭の江戸のこの時期――文化・文政から天保にかけてはすごい。
私が鶴屋南北に憧れたのは、彼の作品に見える発想のすごさによるものだが、その彼のデビューが五十で、七十五で死ぬまでが全盛期というのがすごい。「カッコいいな」と思っていたら、そういうすごいジーさんは鶴屋南北だけではない。曲亭馬琴も葛飾北斎もおんなじだ。そのことを思って、二十代の私は「五十にならなきゃだめなんだ」と思った。「五十でデビューして、七十五くらいまでエネルギッシュに働き続ける」というのが、正しい人間のあり方なんだと思ってしまった。若さが全盛の高度成長の一九七〇年代の初め頃だった。

「五十までになんとかなりゃいいんだ」

私は「年を取らなきゃだめだな」と思ったが、それで金原亭馬生のような不摂生に走ったりはしなかった。五十になるまでには三十年近くあるから、「年取らなきゃだめだな」と思ってもどうにもならない。「うーん、どうしよう」と思って、考え方をちょっとだけ変えた。「五十になった時にちゃんとなってスタート出来ればいいんだから、別に今ジタバタする必要はないな」と思った。そうしたら楽になって、焦らなくなった。

「年取らなきゃだめだな」と思っても、二十代の私は年寄りになんかなりたくない。志には反して、二十代の私は年相応か、当時的には常軌を逸したに近い若作りをしていて——なにしろ三十過ぎても高校生に間違われたことがある——「年取らなきゃだめなんだから」と、すべてをノンキにペンディングにしていた。

「五十になった時になんとかなってりゃいいや」と思って、たいしてはかどらない絵の練習をしたりしなかったりして、それでもおそろしいもので、何年かしたら「これでなんとかなるかもしれないな」と、自分で思えるような程度のものにはなった。自分で言うのもなんだけれど、やたらと文句の多い私は、とりあえずやるだけのことはする。

それでなんとかなったのはいいが、そうなったらまたおかしくなって、二、三年たったら小説なんかを書いていた。これも「ひょんなことから」始まったことで、一作書いたら「もう書くことがない」とあっさり認めてしまった。

書くことがないうえに、それまでに「小説家になりたい」と思っていたわけでもないので、「小説の書き方って知らないな」というところまで平気で行ってしまった。担当編集者は「次のを早く書きなさいよ」と言うが、自信のないことだけは明白の私は、「うん」という生返事でごまかしている。それで不都合がないかというと、別に困りもしない。どうしてかと言えば、その当人がまた「五十になんなきゃだめだな」というのを再発動して、「ともかく練習だけは必要だから、書くことだけは続けておこう」にしているから、ハタはどうかは知らないが、当人はさして困らない。とぼけて生きるのも生きる内である。

ともかく、するとなったら練習だけは続ける人間なので、書くことはやめずにずっと来て、その内に「五十にならなきゃだめだ」を忘れてしまって、気がついたら五十を目前にしていた。「あ、もう五十なんだ」と思ったその時に昔のことを思い出して、「よかった、五十になった！　死なずに生きてて、やっとスタートラインに立てた！」と思って興奮した。興奮ついでに「五十になったぞォ！　パーティ」でもやろうかと思ったが、私は団塊の世代なので、その年に五十になる人間はやたらと多いはずだった。そのことに気がついて、「なんだおもしろくもない」と思ってやめてしまったが、その頃の日本に、「五十になれた、ワオ！」の声が巻き起こっていたような事実はなかったと思う。

一度、被雇用労働者になると「人生」をあまり考えなくなる

私の人生に対する考え方は、もちろんおかしい。今の人間はまず「年を取らなきゃだめだ」という考え方をしない。「年を取らなきゃだめだから、今はノンキに構えとこう」なんていう考えをしない。そんな考え方をするのは、「俺は大器晩成型だ」と言ってなにもしない怠け者で、そういう人間は年を取る前にカビの生えた消費期限切れのゴミになる。普通の現代人は、「年を取ったらダメになる」という考え方をする。だから、「私はまだ年を取っていない」というアンチエイジングの考え方をする。

私の人生に対する考え方がおかしいというか独特なのは、私が公務員やサラリーマンのような被雇用労働者ではないからだろう。私は就職をしたことが一度もないし、就職をしたいと思ったこともない。私は、自分の腕でなんとかしなくちゃいけない、自営の技能労働者の方に属する人間なので、生き方のスタンダードを考えた時、歌舞伎役者や落語家、狂言作者や浮世絵師といった、身体で考える昔風の職人系の人達に反応してしまう。

中学生の頃に、ちょっとだけ「サラリーマンてカッコいいのかもしれないな」と思ったことがある。私の生家は自営業で、親戚でサラリーマンをやっている人間なんか一人もいなかった。お父さんがサラリーマンをやっている子の家に行くと、いつも家の中がきれいに片付いていて、お母さんがきれいでやさしかった——そういうイメージがあったのは、一九五〇年代にテレビで放映されていたアメリカ製ホームドラマの影響であるはずだが、店舗である我が家の前を通ってサラリーマンが会社に行くのを見て、「カッコいいのかもしれないな」とは思ったが、直接的なサラリーマンや大卒の人間との接触がまったくなかったので、サラリーマンというものが、背広を着て電車に乗って会社へ行く以外に、なにをするのかがさっぱり分からなかった。仕事としての具体的なイメージが湧かないから、手作業でなにかを作り出すという、物作り職人の方へ進んでしまった。

私にとって仕事というのは、「手でなにかを作り出すこと」なので、パソコンを使ってデータのやり取りをするのが当たり前の時代になっても、原稿用紙を万年筆の文字で埋めるというアナログでアナクロな作業をしている。書き上がった紙の束を見ないと、「仕事をした」という実感が湧かないのだから仕方がない。

私は、そのように現代離れのした人間なので、私の考え方もおかしいのだが、それは時代の方が違っているだけで、ものの考え方としては別におかしくなんかないと思っている。

被雇用労働者ではない私の仕事に、労働基準法なんか適用されないから、徹夜続きでぶっ倒れたって、補償なんかなにもない。収入は出来高払いだから、いつも「これしくじったら、この先どうなるんだろう？」と考えている。「大工殺すに刃物はいらぬ　雨の三日も降ればいい」という江戸時代の歌の文句とさして変わりはない。

「この仕事がだめだったらどうすんだ？」という不安を鎮める方法は一つしかない。腕を上げて失敗しないようにするという道しかないので、つまるところ「年を取らなきゃだめだ」になる。年を取り過ぎたら体が動かなくなるから、その活動時期は「年を取り、その体が動かなくなるまで」で、五十から七十五までの二十五年間というのは、人の活動状況としてはいい具合だろうと思う。

つまり、経験を重ねないと自信は生まれなくて、自分で自信が持てるようにならなければ、経験を積んだということにはならない。だから、ノンキな顔をしていても、「俺はこれでいいんだろうか？」と、年柄年中悩んでいる。それが昔の当たり前で、今となっちゃ古くてダサイのかもしれないが、もしかしたら、これがもう一度必要になる時が来ているのかもしれない。なにしろ日本は高齢者だらけだ。

若い時には、「自分はどう生きて行くのか」を考える。それは多くの場合、就職をする時で、一度就職をしてしまえば、それ以後、人生の面倒臭いことは考えないですむというのが、日本の終身雇用が健在の時代のあり方だった。

就職して被雇用労働者になると、「自分はどう生きるか」などということをあまり考えなくなる。それを考え過ぎると「組織のあり方」と抵触してしまって、被雇用労働者の立場を失うことにもなりかねない。だから「組織の中であまり面倒臭いことを考えない」という体質になってしまう。面倒なことは、組織が肩代わりをして考えてくれているということにもなるのだが、しかしこれが定年を迎えて組織から離れてしまうと、ここで改めて「自分はどう生きるか？」が問題になってしまう。それまでは「俺はまだ若い」でいたのが、定年になると突然、「なにもすることのない年寄り」に変わっていたりもする。

実は日本人は、この「定年以後問題」にあまり真剣に取り組んで来なかった。定年になったら、年を取ったら、「趣味をお持ちなさい」ですませて来た。「それでいいのかよ？　いいわきゃないだろう！」と思う男達はいくらでもいたはずだが、「年を取って改めて人生を考える」というモデルケースがなかったから、考えようがなかった——それが本当のところだろうと思う。

壁にぶつからなければ、人は「人生」なんか考えない

「若い時に人生を考えておかなければならない、本を読んでおかなければならない」なんてことが一時期は言われとりましたが、もしかしたらこれは「近代」という新しい区切りを迎えてしまった日本の特殊事情が言わせていたものかもしれません。

明治になって江戸時代と別れた日本は、西洋の近代文明を取り入れなければならない。そのために学校を作って、西洋の学問を学ぶ。聞いたことのない「哲学」がやって来て、これを学ばなければならないが、二十歳前後の学生にそれを学ぶ必然があったのかどうかはあまり問題にされない。二十歳前後の若い時期の悩みといったら、そりゃもう性的なものに決まっていて、しかしそれに寛容な江戸時代は遊廓というものをちゃんと存在させていた。が、キリスト教系の西洋文明が入って来ると、とりあえず性は禁欲的なあり方をすべしという方向に行ってしまう。若者の悩みは、ここでややこしいものになる。

江戸時代を覆っていた儒教も禁欲的だが、実際的な江戸時代は性に対して寛容でもあって、西洋近代のやって来た明治と儒教の江戸時代とでは、ある点で大きく違う。性的に寛容か不寛容かという問題ではなくて、江戸時代は若者を過大に持ち上げない。

儒教の基本理念は「長幼の序」で、年寄りはえらい。しかも鎖国の江戸時代は、新し

いものを外から仕入れずに経験主義だから、年功を積んだ経験者の方がえらい。

ところが明治になると、海の向こうの知識を若い内に学校で学ばなければならなくなる。ついでにその時期に人生も学んでしまう。驚いたことに、なんの実体験もない内に人生を学習してしまうということが、当たり前のことになってしまう。「若い内に人生を考えろ」というのは、この延長線上にあるもんじゃないかと、私は思う。よく考えてみれば分かるのだが、若い内に「人生ってなんだ?」なんて考えたって分かるわけがない。だから、「考えたいんだろうけど、若い内は考えても無駄だよ」というのが、この件に関する正しい答ではないかと、私は思う。儒教の開祖である孔子だって、「若さ」なんか問題にしていない。

昔ふと思い立って、「孔子にとって若さってなんだったんだろう?」なんてことを考えた。『論語』の初めの方にある「子曰く、吾十有五にして学に志し、三十にして立つ」を思い出したからだ。

孔子の時代の中国でも二十歳は成人の年であったはずだが、孔子の語る「我が一生」に二十歳の部分はない。二十一歳からを「正丁《せいてい》」とするのは律令制度下の日本で、それ以後の二十歳は国家が考える国民の労働や納税に関する基準のようなものだが、孔子は

「そんなもの関係ない」と言ってはいないかもしれないが、「二十歳」を問題にしていないのは事実だ。はっきりしているのは、孔子が十五歳で「勉強してみよう」と思って、三十歳になるまではなんでもなかったということで、「三十にして立つ」は「社会人としてのスタートを切る」で間違いはないだろう。

三十までの孔子は悩むなんてことと関係なく、ただ勉強していた――社会人未満というのはそういうものだろう。ところが、三十の次の四十になると、「四十にして惑わず」が出て来る。孔子はどうあっても、三十代の時に迷ってたんだ。

ずっと勉強して、三十の時に「勉強完了」ということで社会人スタートをする。そこまでは、「ああ、ここが分からない」なんていう頭の抱え方をしただろうが、実際は迷っていない。現実社会と関わっていないから、自分が揺さぶられて「惑う」ということをする必要がない。三十代の間ずっと迷っていて、四十になった途端、「もうこれきりにしよう」と「不惑」宣言をする。孔子はそうだが、近代以後の学校秀才は四十になると、「不惑の年だが、一向に煩悩は収まらないな」という使い方をする。それは、三十代の間に悩んでないから、「悩みを吐き出して四十歳に至る」ということが出来ないためだ。

近代日本の高等教育を受けた男達は、二十歳の頃に慣れない学問を詰め込まれて苦しみ、そのおかげでしかるべき地位に就いていい思いをする——そうして二十代三十代を過ごして、「俺ももう若くないな」と思った途端、その「若くない」というジャッジに逆らうように、煩悩の虫をムズムズさせる。だから「不惑」に「スケベ」のルビを振りたいようになるのだが、無言のまま三十代の間中迷っていた孔子は、四十になって「もう迷うのはやめよう」と決断をする——でもそう簡単に収まるはずはないから、四十代一杯「もう迷わない、迷わない」と言い続けていたんだろう。

五十で「天命を知る」になっても、人の言うことを聞くようになったのは、六十の「耳順う」の境地になってからだから、天命を知ったって「惑う」を続けていたのは間違いがない。孔子が言うのは、「壁にぶつかった時が人生の考え時で、それは何歳になっても起こる。〝そうだ!〟で決めつけたって、その判断が身にしみるのは十年かかる」というようなもんだろうと私は思って、「若いやつは悩むが、大人は悩まない」というのは、近代になっての勘違いだろうと決めつけている。

第三章　「自分」という名のアク

「俺がジジーなんかになるわけないじゃん」

南伸坊さんの『オレって老人？』という本（みやび出版刊）に、私が出て来る。しょっぱなの「法的に老人」と題される部分で、『広告批評』という雑誌でやった「ロージン問題」に関する座談会の話になる。私と南伸坊さん、山口文憲さん、高橋章子さんの四人が、老けメイクをして、老いに関して勝手な、そして結構真面目なことを話したのだけれども、まだみんな三十代だったので、老けメイク自体が遊びだった。それを、南さんはこう書いている――。

《その時、フト、橋本治さんの様子を見て、私は凍りついた。我々二人とは、明らかに違う思想が、そのカツラには表現されていたのだ。それはおそるべき「リアリズム」だった。

うすらハゲ……みじめったらしく毛の残った、「老醜」を絵に描いたようなカツラである。しかもその上、橋本さんはみずから顔面に、リアルなしわを描き、老人性のしみを、刻明に描き加えていたのだ。

私はアッケにとられた。この人は、あきらかにオレとは違うビジョンを、自分の将来について、くっきり見つめている！ オレの考えてもいないようなことをこの人は考えている！ と思ったのだ。》

この時の私はカツラをかぶってはいなかった。中途半端に伸びたボサボサの長髪をメイク担当の女性が、半白髪に染めてくれた。髪の毛がボサボサのせいで、南さんの言う通り、みじめったらしく老醜を絵に描いたようにはなったのだが、困ったことに私の顔は童顔で、当時三十九歳であったにもかかわらず、お肌はピチピチのつやつやだった（別にお手入れなんかなにもしていなかったが）。これで「ただ皺を描く」程度のことをしていても、ちゃんちゃらおかしいにしかならない。なにしろ南さんは顔真似の名人だから、自分でした老人メイクの仕上がりはポップで最高で、「どうしたって俺はあんな風に出来ないな」と思ったので、違う線に走った。

メイクの女性に「喉にシャドー入れて」と言い、「ここにシミ描いて、シミ」という悪のりが始まって、「やっぱ手の甲も――」でここにもシミを描き、私に用意された衣装は浴衣にチャンチャンコみたいなものだったけれど、写真を撮られる時には、裾を半開きにして半ば虚脱状態で椅子の背に凭れ、口も半開きにして不自由に曲げた手を震わせていた。「そんなアブナイ恰好してちゃだめ!」ということでそのポーズは止めさせられたけれど、そういう私は、別に「自分の将来をくっきりと見つめていた」わけじゃありません。その逆で、「俺が年なんか取るわけないじゃん」というとんでもない自信の下、極端なことをやっていただけです。

こんなことを自分で言ってもいいのかどうか、若干は迷いますが、ホントのことなので言ってしまいますと、三十代の私は若くて可愛かったんです(すいません)。でありながら、一応は社会常識もあったので「もう三十をいくつも過ぎてんだから、そうそう若いはずはないよな」とも思ってました。

まだ学生だった一九七〇年代の初めに、ある友人は「僕は二十五を過ぎたら自殺するんだ」と言ってました。「自殺はちょっと極端じゃない?」とは思いましたが、当時の常識からすると、二十五歳は「若い」のギリギリの限界みたいなもんでした。

結局その友人は自殺なんかしませんでしたけども、「もうすぐ二十五だ」くらいの頃に、今度は別の友人から、「三十過ぎたらどうなってると思う？」と聞かれました。私は少し考えて、「うーん、分かんない」と子供みたいなことを言いました。「三十過ぎたらどうなってる？」の背後には、「三十過ぎてもそんな若いまんまでいられる？　いられなかったらどうするの？」という問いも隠れているわけですが、正直私はその時「三十過ぎてもそんなに変わってないだろうな」としか思ってませんでした。「でも、その通りを言ったら〝そんなはずないだろ〟って言われるな」と思って、「うーん、分かんない」とアホのようなとぼけ方をしたわけでございます。

社会が年齢を規定する

その昔は、三十歳を過ぎたらもう「大人」だった。「若者」なんかじゃ全然なかった。若さは、二十歳をピークにして、傾く太陽のようにどんどん輝きをなくして行く。二十五までなら、二十歳を基準にして「もう二十一」「もう二十二」と数えるが、二十五を過ぎると、基準年齢が三十歳になって、「まだ二十六」「まだ二十七」というようにカウントされる。誰が決めたわけでもないけれど、昔はそんなものだった。
「もう」の若さと「まだ」の若さが入り混っているのが二十代という時期でもあって、だからこそ一九六〇年代末から一九七〇年代にかけては、「ドント・トラスト・オーバー・サーティ」という言い方もあった。私なんかは、「そんな簡単に〝三十歳以上は信用しない〟なんて言っちゃっていいの？ その内みんな三十になるはずなのにさ」と思いはしたけれど、「三十過ぎの男を嫌ってもいい」というのは、二十代の私にとってはとても便利な考え方なので、「とりあえずはそういうことにしとこう」と思った。

当時は「大人」というものがはっきりしていた。「なにが大人か？」という詮索を抜きにして「大人」という概念は揺るぎなく存在していたから、「大人」というものは、曖昧なまま明確だった。「三十歳」というのは、「若者」の目で見た、そんな大人の境界年齢だった。

成人年齢を二十歳にして祝うということは、「二十歳になったら大人、それ以前は子供」という二分法なのだが、「ドント・トラスト・オーバー・サーティ」の「三十歳＝大人」は、子供と大人の間に「若者」という段階が存在する三分法で、意外なことに「吾十有五にして学に志し、三十にして立つ」という孔子はこちらなのだ（孔子は三十男を嫌わなかったと思うが)。十五までは子供、学に志した十五から三十までが「大人未満＝若者」で、三十歳からが大人だということになる。しかし、孔子がそんな風に言っているとは思われない。それは、「若者」というものの位置付けが曖昧でむずかしいからだろう。

子供は「子供」で、大人は「大人」で明確だけれども、「若者」はその中間で、見た目とか自己申告が大きく左右するから、とらえどころがない。だから、若者が若者のまんま大人になると、へんてこりんなことになる。

亡くなった天野祐吉さんが新聞連載していたものが『天野祐吉のCM天気図傑作選』として単行本にまとめられ(朝日新聞出版刊)、ここにも私が出て来る。

その初めの方に「〝こどな〟の時代か」と題されるのがあって、《いまの世の中、大人が少なくなった。ハタチ以上の人間はたくさんいるけれど、成人イコール大人ではない。〝いいトシをして〟子どもみたいな人が、近ごろ急にふえてきているように思う。》と書く天野さんは、《〝いいトシをして〟子どもみたいな人》を「こどな」と命名するのだが、そこに《橋本治さんは絵にかいたようなトッチャン坊やで、どう見ても三十代半ばの〝分別ある大人〟という感じがしないのだ。》と続く。

人はどうだか知らないが、「ドント・トラスト・オーバー・サーティ」を呑み込んだ私としては、「前とおんなじような三十過ぎになってもしようがないしな」と思っているから「〝こどな〟の時代か」を書いた一九八四年の天野さんをあきれさせるようなものになっている。

二十代の私は、「今の世の中を作ってる大人って、なんかやだな」と思っていた。だから、三十になったら——というか「三十にして立つ」の年頃近くになって作家デビューをしてしまうと、「今までの大人とは違うもの」を目指してしまう。私の最初の単行本のトップページにあるのは「著者近影」というものだが、それは見る人を仰天させるようなとんでもない写真で、どうしたって「分別のある人」のやるものではない。でも、私は既成の「大人」のイメージをぶち壊したいから、とんでもない写真を出してしまう。おかげで、しばらくは「ああいう者に近寄ってはいけないよ」的な状況を作ってしまったけれども。

「今までの大人とは違う」ということを実演するのは、そんなにむずかしいことではない。「今までの大人とは違う恰好」をすればいい。でもそのままにしておくと、ただのゲテ物になる。

「今までの大人とは違う恰好」というのは、当時的には「今までの大人が着なかったような若い服装」ということだが、そんなものは着ちゃえばいいんだから、たいしたことはない。問題は、若い恰好をしていても、その当人が少しずつ年を取って、着ているものとの間でギャップを生み出して、「なんだかへんなもの」になって行くことだ。

つい三、四十年前を振り返っただけで驚いてしまうのだが、その頃には「オシャレな男の服」というものがなかった。あるものは、「若い男向けのオシャレな服」だけで、大人の男はオシャレなんかしないもんだった――というか、大人の男のオシャレは、今では「オッサン臭い」としか言われないようなダンディズムの方向にしかなかった。そういうものはなにによって似合うのかというと、社会的地位によって似合わされる。「地位あるオッサンはいい背広を着ている」というのが男のオシャレだったから、オッサン臭くない男は、メンズファッションと無縁になってしまう。そういう人間にとってオシャレな恰好は「若者ファッション」と言われるものにしかなかったから、「これしか着るものがない」という理由で、若い服を着る。

「自分はもういい年だ」ということくらい、三十代の私は分かっているが、その年頃の私にふさわしい服がない。「大人の服」を着ると、「私は金を持ってます」にしかならない――そんな服ばっかりだったので、「自分はもういい年だ」と思う私は、オシャレになるのとは別の、「若い」というところからの脱却を目指さなければならなかった。「もう中年なんだから、それに慣れよう」と思って、それまでの自分だったら絶対買わないような、地味で野暮ったい服を買って、それに身体を慣らそうとしていた。何年もそういうものを着てはいるが、突然欲求不満が爆発して、若向きのオシャレな服を買っちゃったりもする――ということを繰り返していた。

「自分」というアクが出る

三十代の私は、「もう若くないんだけどな」と「ああッ！ もうジジむさいの着るのなんかやだ！」の間で揺れていた。今や前期高齢者になっている私は「昔の人」だから、「三十過ぎて若いはずがない。それなのに〝若い〟と思うのなら、それは錯覚か自惚れだ」と思っていた。思って地味にしてはいたけれど、我慢しきれなくなってまた若くなってしまうのだが、それであんまりボロが出ないのが困ったことでもあった。

当人は若くないと思っているのだが、実際は違う。三十代の頃に撮られた写真が載っている雑誌なんかにたまたま出っ喰わすと、「ゲッ！ 可愛い――。今と全然別人じゃん」と思ってしまう。しかも、そういう私は、困ったことに四十を過ぎてもあまり変わらなかった。なにしろ四十二だか三だかになった私は、アイドル雑誌の『Ｍｙｏｊｏ』でグラビアのお仕事をしていたんだから。

脱ぎはしなかったが、ある期間、『Ｍｙｏｊｏ』のグラビアのフロントページは、四十男の私だった。「やっぱり異様だ」ということで、しばらくしてグラビアの後ろの方に回されて、編集長も異動になったけれど、それでも一年、私はグラビアのモデルをやっていた。

一年がたって、最後の方では女装までさせられて、「来年も続けてよ」とは言われたんだけれども、グラビアは断った。理由は簡単で、その一年の間に写真を撮られるのが疲れるようになってしまった。「なんか疲れる」と思い始めたら、写真の出来もよくないような気がした（お前は何様だ？）。「疲れるからやだ」と言ってグラビアを降りて、しばらくしたら「疲れる理由」が分かった。

今度は女性誌で「インタヴューとお写真」だった。カメラマンは友人だから、別に面倒なことはなにもないはずだったが、四十を過ぎて金髪にしていた私に向かって、カメラマンの彼女は「イヤークリップしてみる？」と言った。私にはピアスをする趣味がないから、耳の方はガラ空きだったので、「したけりゃしてもいいよ」と私は言った。それで、結構派手なイヤークリップを耳に嵌めたが、似合わなかった。鏡を見ても分かるし、彼女も「違うな」と思ったらしく、「じゃ、指環嵌めてみる?」と言った。私は、そういうものをしてあんまり「似合わない」にはならない人間だったから、撮影側も事前にそういうものを用意していたのだろうが、これも、ものの見事に似合わない。手の先で違和感を丸出しにしている。それで私は、「あ、そうか――」と気がついた。「今の自分は、自分とは関係ない余分なものをくっつけられても、それを受け入れようという気がないのだ」と。

当人が受け入れないのだから、似合うはずがない。頭ではなく身体が、異物となるものを排除しているから、身に付けたとしても違和感丸出しになる。「自分はそのように変わってしまった」と思って、それまでの自分自身に関するややこしさがやっと説明出来るようになった。

それまでの私は、なにを着ても「似合わない」ということがなかった。なんでそうかと言えば、服を着る前に「自分」をその服に合わせていたから。服には「服の持っている思想」というものがあるから、その中に入り込まなければ似合うということは起こらない。そのためには、服に合わせて「自分」を変える。ちょっときつかったら肩幅を狭くして着るとか、着た瞬間に気分をその服に合わせてしまうとか。自慢ではなくて、若い頃の私はそれが簡単に出来た。どうしてかと言えば、その頃の私にはまだ「自分」がなかったから――。

「自分」がないんだから、「自分」なんかいくらでも変えられる――私にとって「若い」というのはそういう時期だった。

「自分」がないから、「自分」というものがはっきりしない。だから「自分」を包む衣装というラッピング自体が「自分」になってしまう。「服を似合わせてオシャレに着こなしている」というのは、その実、「自分」がないから可能なのだ。あまりそんな風には考えられていないが、オシャレというものは、「自分」を見せるものではない。ファッションという外見を見せるものだから、「自分」がない人の方がいろんなものが似合う。

「作家」とかいうものになっても、私にはあまりはっきりした「自分」がなかった。書くものははっきりしているが、書いている本人のあり方は「なんだかよく分からないもの」で、それでかまわなかった。「そんなものをはっきりさせたら、自分が窮屈になる」

と思っていたから、「自分」というものをどこやらに放り投げていた。

「自分」というものが定まらないから、私の文体は一定しなかったし、どんなものでも平気で扱えた。役者が化粧をして舞台に立つようなもので、「自分」にこだわっていたら、そんなにもいろんな役柄を演じられない。だから私は「自分」というものを放ったらかしにして、そういう人間の常として若く見えたのだけれども、作家という商売をしている以上「自分」なしということはありえない。アクが出るように少しずつ「自分」が溜まって、なんだか知らないけど「自分」が自分の中心にいるようになった。

「自分が自分の中心にいる」というのもおかしな話だが、「自分」というものが「自分の中で醸成されるもの」と考えれば、そうへんではないだろう。

子供の時分には、「自分」なんかない。あるのは「我が強い」と言われる時の「我」だけで、子供に「自分」はない。あっても抽象的で、自分と自身の身体を一致させての「自分」はない。私は、「もしかしたら子供には身体という概念がないんじゃないか」と思ったことがある。子供の頃を思い出して「あ、今なら空が飛べると思った時があったな」と考えたら、子供の身体性はメチャクチャで、「子供には身体感覚がない」と考えた方がいいんじゃないかと思った。そんな時、小児科医の毛利子来さんと対談の仕事があったので、「もしかして子供って、身体感覚がないんじゃないですか？」と聞いたら、「その通り」と言われた。

子供には、自分の思考を狭める「身体」という窮屈な枠がない。だから、自由に好き勝手なことが言えて、考えられる。しかし、「身体」という実質を持たない点で、「自分がない」という状態になっている。それが思春期を過ぎて「大人」へと向かって行く段階で、身体の実質を獲得して行く——それと共に「自分」というものが自分の中に宿って行く。その点で「自分」とは、アクのようなものだ。

アクが溜まって大人になる。大人になるということは、そのように「自分」が蓄積して行くことで、「自分」が溜まってしまうと、そう簡単に身動きが出来なくなる。体が重くなるし、思考もまた重くなる。

山菜や野草と同じで、人間も若い時はアクが出ない。でも年と共に「鍋の中にそんなに安い肉入れるなよ、アクばっかりだ」状態になる。「アク」というのは短絡して「老い」と錯覚されるが、「アク」は「老い」ではない。「アク」は、自分の中から生まれる「自分」で、それが生まれなければ老いることも出来ない。

人間は食い物ではないので、アクが出たって悪くはない。「自分」というアクが溜まって、成長が成熟になって、それが枯れて行く。枯れて行くのが「老い」で、成熟したものでなければ「枯れる」ということも起こらない。いたって簡単な話ではあろうけれども、しかし今やそう簡単には行かない。どうしてかと言えば、「アクが出て自分になる」という考え方を、人があまりしないからだ。

「子供」を基点に物事を考えると、「自分」というものはどうしても「アク」のようなものになるというだけなのだが、そこをうっかり「アク＝やな人になる」や「アク＝老化」と考えてしまうのでややこしくなる。

「自分というのはアクだ」という面倒な考え方なんかしなくてもよさそうなものだが、しかし今や「人のあり方」を考える時、「大人」を中心にしないで「子供」を基点とするのが一般的になりかかっている。

「大人になるのを拒む病気」というのは、今や珍しいものではない。「自分＝子供」と考えれば、大人になることは「子供の自分の中からいやなものが生まれること」で、「身体性を持った自分」は、排除されるべきアクと同じになる。

大人でも似たようなことをやっている。アンチエイジングというのは、つまるところ「こまめにアク取りをする」だからだ。でも「アク＝自分」と考えた方が、大人としては生きやすくなる。もうそういう時代になったんだと、かつての「こどな」だった私は思う。

第四章　「年を取る必要のない文化」は本当にあるのか？

年を取る必要のない文化

アクの話をもう少し続けます。

日本の「オタク文化」と言われるものを、経済産業省は「クールジャパン」として世界に売り出そうとしている――というか、もう売り出している。ある程度以上は売れるでしょうね。それは「大人にならなくていい」という、世界に類例のない文化だから。

「大人になりたくないな」という声は、それ以前からひそかにある。でもそれが「文化」として一つのまとまった形を取ってしまったのは、クールジャパンが最初でしょう。

「ＫＡＷＡＩＩ」という日本語は、通用するところなら世界中で通用する。「ＰＲＥＴＴＹ」と「ＫＡＷＡＩＩ」がどう違うかと言えば、「ＰＲＥＴＴＹ」は「大人になる」を当たり前とする世界の中の言葉で、どこかで「大人の様式」と対立してしまうから、限界というものを持つ。でも「ＫＡＷＡＩＩ」は「大人にならなくていい文化」の中に存在するものだから、限界を持たない。どこまでも無限定に「ＫＡＷＡＩＩ」が追求出来る。それを本人が求めようと思えばどこまでも求め続けることが出来る――その点で「ＫＡＷＡＩＩ」は無敵の美学でしょうね。そういうものに逆らっても大怪我をするだけなので、「そういうことになってるんだ――」と思うだけですが。

マンガやアニメの世界では、中学生や高校生の年頃で、セックス以外のことならどんなことでも経験出来る。なにしろ、学校の中には身の丈三メートルを越す生徒や「悪の組織」や、「妖怪」やら「地球侵略を狙う宇宙人」やらがいくらでも潜んでいる。そんなものを相手に充実した体験をしてしまえば、大人になるのがバカらしくなる。

最早芸能界の中心はアイドルで、アイドルユニットの中の少女が二十五くらいになると「卒業」をしてしまう。グループを引っ張って来たお姉さん達が「卒業」すると、そのグループは一挙に若返って、小中学生の年頃の子が主力になってしまったりもする。二十五歳定年制のようなもので、少女の中から「自分」というアクが生まれて目立つようになったら「卒業」。アクがそれほど出なくても、鮮度が落ちて飽きられたら失業。

技術ではなく素材感でもっているから、「鮮度が落ちた」と思われたらおしまい。グラビアアイドルだって、三十歳を過ぎたらもう仕事がなくなる。

女のアイドルは鮮度が命だけど、男のアイドルになると、これが微妙に変わる。「四十歳を過ぎてもアイドル」という、ジャニーズ系のお兄さん達は珍しくない。三十過ぎで「現役のアイドル」というのは、最早男の世界では当たり前だ。さすがにアイドルになるほどの男性は違うのかと思うと、そうでもない。お笑い芸人の中には、四十を過ぎて五十に近づいても、相変わらず「若い兄《あん》ちゃん」のままの人がいくらでもいる。

女に比べて男は年を取らないのかと思うと、そうでもないのが女芸人という存在で、四十近くになって存在感を増し、四十を過ぎると生き生きしている。初めからアクだらけだった存在が、年を重ねる内に素材とアクが一体化して風味が増したか？——などとめんどくさいことを考えたりもするが、もしかしたらそんなことでなくて、もっと単純なことかもしれない。女芸人達は年を取らないし男のお笑い芸人も年を取らないし、男のアイドルも年を取らない。更には、テレビを見ている一般視聴者の中にも年を取らない人間が増えている——ただそれだけのことかもしれない。

平成になってからもう四半世紀が過ぎた。「失われた十年」とか「二十年」という言い方がされたけれども、二十年ばかりの年月が失われたのは本当で、だからこそ一向に年を取らない人間が増えてしまったのではないだろうか。四十や五十の、しかしそのくせ年齢を感じさせないアイドルや芸人達から「二十」という年齢を差し引いてみても、それほどの違和感はない。「二十年ほどの時間をかけて、〝自由のきく若い者〟という地位を獲得したんだな」という気がする。

「大人になる必要のない文化」の中では、人は時間をかけて「大人」なんかにはならず、「制約を受ける必要を感じない年期の入った若者」というへんなものになる。ずーっと若いままだから、無駄な若さが層を作って、バームクーヘン状の「妙に重みのある若者」になる（いつの間にかバームクーヘンというものが確たる地位をスイーツ業界に占めているのと関係はないだろうが）。

そして、「大人」になる必要がないから、自分の中から「自分」というアクが生まれ出ることを、あまり気にする必要がない。なにしろ自分は、「大人になる必要のない文化」の中にいるのだから、自分の中から「もう若くはありません」ということを教えるアクが湧いて出るなどという、考え方をする必要がない。その結果、自分の年齢が数を増しているという自覚はあるが、その年齢がなにを意味する指標になるのかが分からなくなる。「なんだかやばいような気がする」と思った時は、笑ってごまかしてしまえばいい。「笑っていられる立場」を獲得してしまった男のアイドルや芸人が年を取らないですんでいるのは、そのせいだろう。今や「笑い」という属性は、テレビを見て「自分はもう年かもしれない」と思う視聴者の不安感を吹き払うために必要なものになっているのかもしれない。

哀しいことに、人間は「自分の老い」をなかなか認められないくせに、「他人の老い」には目敏く反応するようになっている。多分、女の子のアイドルが二十五歳定年制の中にいるのは、そのためだろう。

自分の応援するアイドルが、いつの間にか新鮮味をなくしてしまっている――そう感じるということは、自分の方もまたアクを湧かせて若さを失っているということに気がついてしまったことでもある。そのめんどくさい考え方に振り回されるよりも、より若く新鮮なアイドルが登場すれば、見る側の目はそっちの方へ飛んで行ってしまう。飛んで行って、その背後の事情は考えないだろうが、それは「自分の老いには気がつかないが、他人の老いには敏感になる」ということの結果だ。

そのようにして若い娘達は、自身のアクに気づかない男達の「若さ」を保たせるため、浮き沈みの激しい新陳代謝のシステムの中にいるのだろう。そのシステムが受け入れられているということは、「大人になる必要のない文化」が、日本人の中に広く定着してしまった結果だろう。

アクを吸収する装置

女のことは知らないが、男の身体からはアクが湧いて、男はみんなオッサンになる。自明の理のようなものだが、「自分の中から〝自分〟というアクが生まれてオッサンになって行く」ということを、日本の男があまり意識せずにすんでいるのは、日本の男がアクを吸収する装置を身にまとっているからだ。その装置の名を「背広」という。

私は就職ということを一度も経験したことがないので、「背広を着る」という必然を持ち合わせていない。だから「もう若くない年齢」と自覚した時、なにを着たらいいかで、すごく困った。その時に「背広というのは男の万能の服なのだ」ということに気がついた。「背広なんか着たくない」と思って好きな恰好をしていた若い頃は、「なんだってこっちは着てるもんであれこれ言われて、あっちはなんにも言われないんだ。どうして背広みたいに薄汚いものの方がいいんだ」と思っていたが、浅薄だった。背広は万能の服で、それを着ていればどこへでもお咎めなしに行ける。若い内に背広を着てしまえば、自分の中から生まれ出るアクは背広に吸着されて目立たなくなる。背広を着れば、自然にオッサンになれて、めんどくさい「若さ」から脱皮することが出来る。

背広とはそういう特殊な服だから、「背広を着る」ということは、自動的に「若さとおさらばしてオッサンになる決断をする」ということだった。背広はただの服ではなくて、社会が用意する「男をオッサンにする装置」だったのだ。

余分な話をすれば、東京の杉並区に育った私の中学時代、三人の同級生が紳士服の仕立屋——つまりテーラーの家の子供だった（息子が二人と娘が一人）。私の家のそばには紳士服である背広を仕立てるその子達の親の家が三軒あって、その他にもう二軒のテーラーがあった。仕立屋の子供とは仲がいいのだが、紳士服というのがよく分からない。私の叔母は紳士服地を商う人と結婚して、叔母の家には紳士服地の布見本がいくらでもあるのだが、それを見せてもらっても「どこがいいんだか」としか思えない。私の父は零細企業の社長で、普段は背広なんか着る必要がないのだが、ちゃんと背広の上下は持っていて、なにかがあるとそれを着て外出していた。子供の私は時々父親の洋服ダンスを開けて、父親の背広の上着を着てみたが、どうしても似合わない。体型が違う以前に、思想的な齟齬とでも言いたいようなものがあって、似合わない。

小学校の終わりくらいから、私はもう体格的に「大きな子供」で、父親の背広が着られないわけでもない。「大人になったらこういうものを着るんだから着てみよう」と思って、それでも思想的な齟齬を感じてしまうのだからしょうがない。そこら辺からもう、私は運命的に道を踏みはずしているのだけれど、そんな私の同級生が三人も仕立屋の子供だ。

ただの住宅街に紳士服の仕立屋が五軒もある。商店街の肉屋や魚屋と同じだけの数がある。それでどこも忙しそうに働いているんだから、需要はあるんだろう。どこの仕立屋でも、外からなにをしているのかが見える。見えるがなにを作っているのかがよく分からない。作っているものはみんなおんなじ背広だから、「なにを作っている」もへったくれもない。それくらい当たり前に、大の男がせっせせっせと製作に励んでいて、誰が買っているのか知らないが、それだけの需要があるらしいのが不思議だった。

私は「それを着るとオッサンになる」と思っていたが、「背広を着る」ということがまだステイタスであった時代だから、「背広を仕立てさせる」がちゃんと町の中の商売として成り立っていた。昭和三十年代の後半の話だが、やがて私のようなめんどくさいガキが大人になって行って、「背広なんか着るのやだな」の風潮が広がって行く。最早背広は仕立てるものではなくて、既製品を買うもので、その名も「背広」から「スーツ」「ビジネススーツ」というものに変わって行く。「背広」という呼び名がはやらなくなったのは、背広というものがダサイものだという暗黙の了解が広がったせいだろう。かつては五軒あった実家の近くの仕立屋も、一箇所しか残ってない（らしい）。多分、私のせいだ。

背広がダサく見えたのは、それがアクを吸収する装置だったせいで、「これだと、お召しになっていてもお体がアクで劣化することはありません。自然にお体にアクが定着するようになっております」というものだから、これを着ることによって日本の男は自然に年を取って行くことが出来た。

背広は、中年を過ぎなければ似合わない。「アクが出てオッサンになる」ということをあらかじめ想定して作られているから、若い奴には似合わないし、若い奴からすれば「オッサン臭くてやだ」になる。そこで登場するのが、背広を若干スタイリッシュにした「スーツ」で、いささか時代遅れになりかかった職人の美学から脱しているという点で、現代的だったりする。

若い男向きに、体にフィットしたスリムなスーツというものも登場するのだが、スーツを着たって背広を着たって、着た方の体からはアクが出て来るのだから、おしゃれなスーツだって、いつかは「背広」状態になる。サラリーマンがスーツを着て働いてりゃ、その内にスーツが「背広」状態になるのは当たり前で、そうなることを打開する道は一つしかない。高い金を出してヨーロッパ製有名デザイナーのブランドのスーツを買うことだ。「日本的なもの」はいつか「ダサイ」と言われ、西洋風に名を改められて、それが「やっぱりまだダサイ」ということで、本場のブランド志向になるという、日本に特有の流れはここにも生きていて、不思議なことに、そういうモデルチェンジが起こると、日本人は年を取らなくなる。

仕事第一の日本人が背広に過大なステイタスを発見するのは、分からなくもないが、問題は背広を脱いだ後でありましょう。昔のお父さんは、会社から帰って来ると浴衣や丹前に着替えた。それを着る前は、ステテコか股引姿で家庭内を歩いたり寝転んだりしていたが、その日本的スタイルがはやらなくなって否定されると、背広を脱いだお父さん達は、妻が近所のスーパーで買って来たお手頃ファッションにサンダルを引っ掛けるようになる。

いつまでも「お父さんは西友のポロシャツ着てサンダル履いてる」じゃダサイので、こちらの方をなんとかしようと出て来るのがユニクロで、「普段はおしゃれなユニクロで」になると、みんな若くなってしまう。そういう意味で私は、ユニクロの服を「かなり思想性の強い服」だと思うのだが、いつの間にかなんの話をしているのか分からなくなってしまった。

それでも身体はなにかを教えている

いつの間にか日本人は、「モデルチェンジをして年を取らなくなる、モデルチェンジをすれば年を取らなくてすむ」という方向に進んでしまった。「美しく年を取る」とかなんとか言うが、「美しく年を取る」は「あまり年を取ったように見えないように年を取る」だ。年を取ったらもう「負け組」で、いつの間にか「年を取ってアクの出た人間」というのはいなくなるようになっている——超高齢大国なのに。もしかしたら、超高齢大国だからこその、老いに関するネグレクトなのかもしれない。

どうして「若いまま」が実現してしまったのかと言えば、なんらかの理由で「年を取る必要のない文化」が定着してしまったからだろう。私はとりあえず「年を取る」という方向にしか進んでないので、「どうして日本には年を取る必要のない文化が定着したのか」なんてことは考えたくない。そんなことよりも重要なのは、人間は「年を取った」ということを自分に認めにくくて、それと同時に「年を取った自分」に合致したスタイルが見つけにくいことだと思いますね。

超高齢大国の日本なので、町のあちこちで「エラソーなジーさん」を見かけることがある。昔風の頑固で偏屈なジーさんとはちょっと違う、「エラソーなジーさん」で、明らかにジーさんではあるのだけれど、顔にまだ若干の「若さ」を残している。「エラソー」にしているようには見えるのだけれども、そんなに悪い人のようには見えない。そんな人が結構当たり前にいるのを見て、「なんかへんだな」と思った。なにが「へん」かはすぐに分からなかったけれど、なにかがへんだとは思って、今風の「エラソーなジーさん」をちょっと考えてみた。

考えた私の答は、「当人が自分のことをあまり老人だと思っていないのではないか」だった。なんにも知らない、ただ見ただけの人の中身をアレコレ言うのもどうかとは思いますが、「エラソーなジーさん」が「エラソー」に見えるのは、「自分のことをあまり老人だと思っていないから」と考えると、納得出来る。

ジーさんがエラソーに大股を開いて、杖を両手で押さえて座っている――もしもこの人がジーさんではなかったら、そうエラソーには見えないだろうと思った。頭が白髪ではなく黒くて、背広なんか着て杖を持っていなかったら、ただの「働くオッサン」で、「エラソーなジーさん」のようには見えないだろう――そう思って見直したら、「この人は自分がもう年を取っているという自覚があまりないんだな」と思えた。

もうジーさんになって現役を引退している。だから「働くオッサン」や「オジサン」である必要がない。でも、それに代わる「自分のあり方」が見つからないから、必要もないのに体が「働くオッサン」を演じようとしている。必要もないことを演じたりするから、演じ方が過剰になって、「エラソーなジーさん」に見えてしまって、実際はそんなにやな人でもエラぶった人でもないのではないかと思った。

こないだまで若くて現役バリバリだった人が定年で現役を引退しても、すぐにはどうしたらいいのかが分からない。現役であれば、年を取っても「まだ若い」と思うことは可能だが、その足場がなくなれば、玉手箱を開けた浦島太郎のように一挙に年を取る。しかもその自覚が当人にはあまりない。

仕事偏重で来た日本の男は、「仕事をしていない間の自分」というのが「目をつぶっていてほしいような存在」でしかないから、「仕事をしていない自分」がどのような自分であればいいのかが分からない。だから仕方がない、「仕事をしている自分」を流用する——その結果、なにかが過剰になって「エラソーなジーさん」のように見えてしまう。

ずーっと背広を着て仕事人間をしていると、背広がアクを吸収してくれるから、「老い」というものにピンと来なくなる。「疲れやすくなったから年かな」と思っても、「まだまだ大丈夫」と否定してしまう。身体の方はいろんな形で「老い」というものを表明しているのだけれど、頭の方は若いので「老い」というものが受け入れられない。それを受け入れてしまうと、「老い」にふさわしい新しい自分のスタイルを発見しなければならない。むずかしいのは、「今までの自分とは違うスタイル」を発見することで、ずーっと背広やビジネススーツだけだったりすると、その選択肢が見つけにくい。なにしろ、「他の選択肢は不用だ」で長の年月を過ごして来たから。

かく言う私だって、四十過ぎてアクだらけになる前に、「自分の体にアクが出ている、もう若くはない」ということは承知している。別に見る気もないのに、鏡や窓ガラスに映った自分を見ると、「今までに見たことがないような違う自分」がいる。つまり、アクが出たということなのだが、そんな事実を突然突きつけられたって、どうしたらいいのかは分からない。だから、「もうアクは出てるけど、なかったことにしよう。まだごまかせるから」と思って、ないことにする。

ないことにして、ある時それがしんどくなる。「アクで自分が出来上がっている」と認めた方が楽になる。人間が幼虫からアクを吐き出して蛹《さなぎ》になり、その蛹の中から羽化して出て来るとオッサンになるというのは、とても若い時には認めがたい変化だが、気がつけばその通りだから、それに合わせた方が生きやすい。

「身体の声を聞く」という言い方も一時ははやったが、これだってもしかしたら、「身体の発する都合のいい声だけを聞く」かもしれない。「私は大人になる必要がない」というのも身体の声なのかもしれないが、そんな声に耳を傾けたってしんどくなるだけなので、私は「年を取る」という道を選ぶのですが、「年を取る道を選ばない」という選択肢なんかは本当にあるんでしょうか？

第五章　年を取るとこんなにお得

栄耀に餅の皮を剝く

本当なら私は、どうして「年を取る必要のない文化」が日本に定着し、アンチエイジングが大はやりになってしまったのかということを考えるべきなのかもしれませんが、今の私の関心事は「自分は年を取った」ということを確定させることにしかないので、「年を取るのはやだ」と言っている人のことなんか、どうでもいいのです。

私にしてみれば「どうしてみんな年を取るのをいやがるようになったのか」の答はあまりにも簡単で、つまりは「日本人が豊かになってしまったから」です。「栄耀《えよう》に餅の皮を剝く」ということわざは、「豊かでいいですねェ」と持ち上げておいてその後に「バカだねェ」が続くという、大らかすぎる底意地の悪さがあって私は大好きなんですが、「古くなったお肌の角質を剝いて若返らせる」という美容整形のピーリングは、まさに「栄耀に餅の皮を剝く」ですね。

餅の皮を剝いている「栄耀」のお方は、最近豊かになられた方なんでしょうね。どうしてかと言うと、古くからの「栄耀」の方なら、表面が固くなった餅の皮なんか剝かないで、「新しく餅を搗《つ》け」と人に命令すればいいわけですから。それを考えないで、自分で固くなった餅の表面を削っている人は、急に豊かになってアクセク働く必要がなくなり、暇を持て余した結果、「することがないから餅の皮でも剝いとくか」になってるんじゃないかと思われます。肌の話と餅の皮の話は、似ていてしかし根本のところで違うものではあるのですが、でもこのことわざを持ち出すと、新築の広い家の金ピカなリヴィングルームに部厚いカーペットを敷いて、その上で老夫婦が渋柿の皮を剝いて干柿作りをするように、せっせせっせと丸餅の皮を剝いている光景さえも見えるから、素敵です。

こないだまで豊かじゃなかった人を「精神が貧しい」と譏《そし》るのもなんだから、「お餅を食べるんでも固くなった表面部分を平気で削って捨てられるほど、豊かにおなりになったんですね」と持ち上げる。豊かさを誉められて悪い気のする人もまずはいなかろうから、「栄耀」を真っ先に認定する「栄耀に餅の皮を剝く」は、悪口に響かない。自分のやっている行為が愚かかどうかは、餅の皮を剝いている人が判断することだから、これを言う側にとっては「知ったこっちゃない」で、言う口許には穏やかな笑みさえも浮かんでしまう。なんて素敵な悪口なんだろうと私は思いますが、「年を取る必要のない文化」とかアンチエイジングを定着させるのは、つまるところ「栄耀に餅の皮を剝く」ですね。日本の総体が豊かになって「一億総中流」と言われるようになってから、精々四十年くらいしかたってないわけですから、餅の皮を剝いていても不思議ではないでしょう。

年を取ると得だというのはこんなことで、年を取ると「どうして日本にそんな風潮が広まったのか」ということを真面目に考える前に、「ああ、あれは〝栄耀に餅の皮を剝く〟だよ」的なことを言っておけばすんでしまうことですね。

それで「ホントにそうなんですか?」と突っ込まれたとしても、年寄り仲間は「ああ、そうだそうだ、言われてみりゃその通りだ」とうなずいてくれるから関係ない。それで不満そうな顔をしてる奴がいたら、「だったらお前が考えろよ」と言えばいい。それを言われた若い奴が詳細な分析レポートを持って来たとしても、「ああ、見るのがつらい。

私はもう年寄りだから、こういう細かいことは分からない」と言ってしまえば、それですんでしまう。「私は年寄りだ」ということを認めてしまえば、結構な楽が出来る。私はこれをふざけて言っているのではなくて、「そういうことをしないと世代交代が起こらなくなるから、〝年を取った〟とアピールして楽をした方がいい」と言っているのです。

老人の嫌われ方の一つに、「お前に任せた」と言っておいて、そのくせ後になってなんだかんだ文句を付けるというのがあります。文句を付けられた方は、「だったら自分でやりゃいいじゃねェかよ」とひそかに不満をぶちまけるわけですが、なんでそういうことになるのかというと、「お前に任せた」と言うだけで、それに付随する権限を老人が譲渡しないからですね。「お前に任せる」が、時として「これは本来俺のものだが、特別にお前にやらせてやる」という留保付きのものになっているから、後になって「俺の思うものとは違う！」になってしまう。だったらそんなもん、他人任せにしないで自分でやればいい。自分でやってヘマをして、ゴーゴーたる非難を浴びればいい。「任せる」と言うのだったら、その分の権限を譲渡しなければならない。権限を譲渡して、責任も押し付ける。押し付けたんだから、もうこっちの知ったこっちゃない。遠巻きにして文句を言っていると「権限を譲渡しない老人」になってしまうから、「俺はもう知らない」と言う。「自分は年寄りだ」と認めてしまうと、責任がなくなって楽になり、それと同時に世代交代が促進出来るから、いいことずくめです。バトンタッチをした相手がその権限と責任を行使出来なくても、こっちのせいではない。「お前達の現実なんだから、お前達でなんとかしろ」ですむ。そのことを円滑に実現させるためには、権限の譲渡をこまめにちょっとずつやる。なにしろ、年というものは一挙に取れないもんですから。

ちょっとずつ年を取って行くんだから、権限譲渡もちょっとずつやって、若い奴に「お前もちょっとずつ年を取るんだから」と教え込む。そういうことをしないで、ある時一挙に権限譲渡を全部やると、リア王みたいな悲劇や、全体の破綻が起こる。「自分は年を取った」ということを認めないと、ハタ迷惑なことになるから、認めて楽をしましょう。

年を取るということの恵みの一つに、「もう新しいことに関心なんかない」というのがあります。関心がないから分からないんで、そんなもんは若い奴に任せて、年寄りはさっさと年寄りの道を行った方がいい。もう「いい年」だと感じるようになったら、ちょっとずつ「年寄り」の方にシフトして行った方がいいですね。

年寄りは今のことに関心がない

「年を取ると物覚えが悪くなる」とはよく言います。私もその通りで、「あれ、なんだっけ？ あれさ、あれ——。あのォ、なんだっけ？」というハタ迷惑なことをよく言っています。「記憶力が落ちた」というよりも、「脳に知識を書いて貼り付ける付箋紙の糊の力が劣化して弱くなった」です。

以前なら、どうということもないことだって平気で覚えられた。覚える気もないのに覚えることが出来た。どうでもいいことでも覚えていたし、結構めんどくさいことでも「覚えてやる！」と思えばその場で記憶が出来た。脳に知識を貼っつける付箋紙の糊の力が強かったからです。今じゃ、「貼っつけた」と思っても、その付箋紙がヒラヒラとどっかへ飛んで行ってしまう。

私自身は、なんでもしつこく覚え込んでしまうという因果な体質だったので、年を取って脳に貼っつけた付箋紙がヒラヒラとどっかに飛んで行くようになっても、「ああ、楽だ」と思うだけで別に困らない。「えっと、あれなんだっけ？」という自然なボケも発揮出来て人生が楽しくなるから、それはそれでいいのだけれども、ある時「なんで付箋紙の糊は劣化したのか？」と考えた。糊は劣化したかもしれないが、それだけではないなと、理解した。

付箋紙の糊が劣化した上に、貼り付け方がおざなりになった。「昔はこの程度でくっついていたからこれでいいだろう」と思って、糊の劣化した付箋紙をおざなりに貼っつける。その結果付箋紙はヒラヒラと飛んで行く。どうしてそんなことになるのかと言えば、それをする当人が「それでいいや」と思っているからですね。

年寄りは、今のことに関心がない。関心を持とうとしても、どうも頭の中に入りにくい。どうして入りにくいのかと言うと、根本のところで「今のことになんか関心を持つ必要がない」と思っているからですね。自分の頭の中を探ってみたらそうだった。だから、最近の知識情報なんか、覚えたってすぐに忘れてしまう。

「私に必要なことは、もう十分に仕入れてしまった。だからこそ私は年寄りである」と思っているから、新しいことなんかすぐに忘れてしまう。

私なんか、電話で人と会う約束をしても、電話を切った瞬間、「あれ、いつだったたっけ？」と記憶が平気で飛んでしまう。だから、そうなってもいいように、そばにいる助手に聞こえるように、「木曜の四時ですね」とかを声に出して言うようにしている。そして、「今、俺なんて言ってた？」と助手に確認を取る。それをしないと危ない。

どうでもいい昔のことはしっかり覚えているくせに、今現在に必要なことはすぐ忘れてしまう。どうして忘れるのかと言うと、既に自分の脳味噌は満タン状態になっていて、そこに新しいものを付け加えるのがめんどくさい。新しい知識が入ると脳味噌が重くなりそうな気がしてしんどいから、おざなりな覚え方をしてすぐに忘れてしまう。しかも、そのことを根本のところで当人は、「それでいいじゃないか」と思っている。「物覚えが悪くなる」ということは、「そういつまでも頑張ってなくていいよ」と身体が言ってることなんだから、「私は老人になります。その分あなたがやって下さいね」の権限譲渡をしたっていいってことですね。

「したっていい」というよりも、「しろ」と身体が言っています。それが出来れば楽隠居で、出来なければ「老いの辛苦」というわけです。

問題は、そんな「権限譲渡」を出来る他人がいるかどうかですが、でもよく考えたら、自分にそれだけの「権限」があるかどうかはよく分からない。自分は勝手に「権限」だと思って、なくなってしまった「責任」を夢想しているだけかもしれない。人間は、事を為すに当たって何事も頭で判断して行うもんですが、でもだからと言ってそうそういつまでも「一々を頭と相談する」をやっているわけではない。多くの行為は、脳味噌との相談抜きで、条件反射的にやってしまう。だからへんなことが起こる。

私の死んだ祖母が八十を過ぎたくらいの頃に、「お兄ちゃん、惚けちゃった」と実家に帰った私に訴えた。祖母と同居の私の母は平気で「惚けちゃったよ」と言うのだが、不安に駆られて「惚けちゃった」と言う祖母の顔を見て、「なんか違う」と思った。「ホントに惚けた人なら、自分で〝惚けた〟とは言わないよ」と言ってから、「あれが原因か」と思った。

私の祖母は店をやっていて、「惚けた」が起こったのはお釣を間違えるようになったからだ。長いこと商売をやっていてそんなことはなかったのに、千円札を渡されると何千円や時には何万円ものお釣を渡してしまうようになった。「商売を続ける」というのが彼女の人生のあり方だから、「釣銭を間違える、釣銭の数が分からない」というのは、人生の存続に関する一大事になる。だからそんな自分に怯えるのだが、なんでそんなことになったのかというと、その理由は簡単で、実はその時、紙幣のデザインが一新された。五千円、一万円札から長く続いた聖徳太子が消えて、派手な伊藤博文の千円札が地味な夏目漱石に変わった。その切り換え時だから、新旧六種類の紙幣が混在して流通している。だから、客が新しい千円札を出しても、それが何円札なのか分からない。新しい千円札を一万円札と思って、「一万円もらったから、釣は何千円」というすごい間違え方をしてしまう。

「自分は惚けたのだ」ということをしっかり認識出来る祖母が釣銭を間違えるというのは、そういう事情以外に考えられない。それで私は銀行へ行って、何万円かの金を全部千円札に替えて、「お祖母ちゃん、これ全部千円札だからね。お釣を渡す時はこれを一枚ずつ渡せばいいからね」と言って渡した。祖母は少しポカンとしていたが、その後も店を続けていて、「釣銭を間違えた」という話は聞かなくなった。

そういうことを経験して、人間は一々物事を見て聞いて、脳で確認するわけでもないということは分かった。人間はかなりのことを、考えずに条件反射的に処理しているから、それが成り立たなくなると混乱する。「そういうこともあるか?」と我が身に問うたら、「あるな」という答が返って来たので、「人間の行動の多くは習慣的で、だからこそ〝習慣〟が満杯状態になっている人間の体に、脳が新しい習慣を教え込むのは大変だ」ということが分かった。

習慣の条件反射が出来上がっている体に新しい習慣を教え込むのは大変だが、年を取るとその逆も起こる。身体が老化すると、その反射を実現する機能がうまく働かなくなる。

「どっこいしょ」は脳化の合図

ある時——六十を過ぎてのことだったと思うけれど、車の通行がそれほど多くない、だからこそ信号もない道路を歩いて渡ろうとしたそこに、車がやって来た。フルスピードでやって来たわけでもないが、それを見た私は道路の真ん中で立ち止まって、「渡るべきか、戻るべきか」と考えた。それはほんの一瞬のことだったはずだが、突っ立った私の頭の中にあるシーンが浮かんだ。

それはマンガや映画によくあるシーンで、主人公達が猛スピードでカーチェイスをしていると、その先に手押し車を押してモタモタ歩いて道を渡ろうとする老人がいる。車が突進して来るのに気がついた老人は、呆然として車の来る方向を見る。ジッと見て、動かない。目を丸くしている老人の表情がアップになって、しかし老人は慌てない。慌てるのは車を運転している方で、老人は呆然としてそのままで、するとどこかで凄まじい衝突音が起こる。アクション映画にはありがちのシーンだが、自分がそれを経験するまでは、「どうしてあの老人は動かないんだろう?」と思っていた。でも、その状況を我が身に引き受けると分かる。老人は「動かない」ではなくて、「考えている」なのだ。年を取ると条件反射的な動きが死んで行って、一々を脳の指令に頼る「脳化人間」になってしまう。

もしも自分が若かったら、道の真ん中で一瞬でも立ち止まったりはしない。「進むか、戻るか」を考える前に、どっちかをやっている。「おお、年を取るとこんな風に反射能力は死ぬか」と、道を渡り切った後で思いました。私は変わった人間なので、「だから年を取ると大変なんだ」とは思わずに、「そうか、年を取るとこういうことが起こるんだ」と思って、新しい発見に少し興奮してしまいました。

そう思うと、年寄りの口にする「どっこいしょ」とか「よっこらしょ」の掛け声の意味も分かります。年を取ると、一つの行動から次の行動へ移る時に、脳味噌が身体に「次の行動に移りますよ」という指示を出すんですね。そうしないと身体が重くて動かない。その指示を理解して実践する時の了解信号が、「よっこらしょ」だったりするわけですね。

若かったら、次の行動に移ろうとする時に、「よっこらしょ」もへったくれもない。身体が勝手に反応してくれるから、自分に対して「これから私は立ち上がりますよ」とか、「ここで私は座りますよ」なんていう指示を出す必要がない。「よっこらしょ」や「どっこいしょ」は、疲れてしんどいから言うのではなくて、動作を切り換えるための合図なんですね。そういうことが必要になってくる。

気がついたら私は、動作を切り換える時に、それを声に出さなくても、「よっこらしょ」と口の中で言っている。座っているのがただ立ち上がるだけでも、「よっこらしょ」が必要になる。それは、「位置に付いて、用意——」のスターターの声と同じで、それがないと次の行為に移る態勢が整わない。「だから困ったもんですね」と、正直なところ思わない。「そういうものはそういうものだからしょうがないだろう」と思っている。だって、年寄りなんだもん。冗談ではなくて、年を取るとこれですませてしまえるので、とても得です。

年を取ると身体に表示が出る

私が最初に「老い」を意識したのは、老眼を感じた時ですね。

四十になる少し前に、眼がモヤモヤっとした。若い頃の私の眼は頑丈だったので、疲れはしてもちょっと目薬を差せばなんとかなった。それが疲れもあったけれど、目の前のモヤモヤがずっと取れない。「老眼かな、そんな年だしな」と思って目医者に行った。「老眼ですか?」と聞いたら、「まだ早いでしょ」と言われた。「ただの疲れ目」と言われて目薬をもらって帰ったけれど、それから四年ほどたってまたおんなじようなモヤモヤになったので違う目医者に行ったら、「二度の老眼ですね」と言われた。「四十を過ぎたら誰でも老眼になって、その度合いは年と共に進んで、六十になったら止まる。あなたはその二段階目だ」と。

「じゃ、やっぱりあの時は老眼だったじゃないか」と思ったが、それで私は老眼鏡をかけるようになった。が、実のところ老眼の方はどうでもよかった。老眼になった私は「乱視も入っている」と言われて、そちらの方が重要だった。

自分の眼に乱視が入っていることは、大学に入った時に分かった。私の入った大学は「過度の受験勉強の結果メンタルな問題を抱えた学生が多い」と言われていた大学なので、健康診断も厳しかった。そんなところでうっかり「偏頭痛がある」と言ってしまったものだから、心電図だ脳波の測定だということになってしまったが、「乱視が入っているから、それで頭痛が起きるんでしょう。乱視の眼鏡をかけなさい」と言われた。私の父親は近視で乱視だったので、「乱視」と言われても別に驚かない。言われるままに乱視の眼鏡を作ってかけていたけれど、だからと言ってどうということもなかった。

私は近視ではないから、乱視の眼鏡をかけたって、視野が広がるわけでも物事がクリアに見えるわけでもない。視力検査の結果「乱視」と言われても、それで困ったことなんか以前にも以後にもなかった。老眼鏡の時も実はそうだが、「眼鏡をかけるとインテリに見えるんじゃないか」というつまんない思い込みがあるので、医者から「眼鏡をかけなさい」と言われると、「わーい！」と言って喜んでしまうのである。私は初めっからバカなので、年を取ったということが、どうも今一身にしみなかったりするのです。

老眼になると、字を読むのがしんどくなる。本を読むのや辞書を引くのには、老眼鏡が必須になる。余分な話だけれども、四十過ぎのマチュアードな男女がおしゃれなレストランに入って、薄暗い照明の下でメニューを見るのに老眼鏡をかけるというシーンを見たことがない。「僕が読んで上げるよ」と男が言うのは、結構美しいことだとは思うが、ドラマでそんなシーンを見たことがない。やっぱり「老眼鏡をかける年」というのをオープンにするのは恥ずかしいんだろうな——どうでもいいけど。

私の場合、老眼も出たが、年を取ってからは乱視も明らかに出た。「乱視」と言われ、それで眼鏡も作った若い頃にはなんの変化も効果もなかったから、正直私は「乱視」というのがどういう状態を指すのかが分からなかった。ところが、老眼鏡をかけるようになってしばらくすると、文字が二重に見えることが起こるようになった。「乱視って、これか⁉」と、初めて分かった。若い時は体力があるから、たとえ「乱視」ではあっても、体力で押さえ込んで「文字が二重にずれて見える」なんてことは起こらなかった。それが起こるようになって、やっと「乱視」ということが我が身に理解された。

乱視がどういう時に出るのかというと、疲れた時に出る。眼に「疲れてます」の表示が出る。それで「困った」とも思わず、私は「疲れてるって自分で分かるから便利だな」と思う。「疲れてるから休む」という判断を自分で下すのは意外にむずかしくて、若い時は「そうやってさぼろうとするんじゃない！」と言いたがる自分がいて、なかなか「疲れてる」が認めにくい。でも、年を取って「疲れてますよ」が、自分の眼で簡単に分かるようになった。これは、私にとってとてもありがたいことなのであります。

第六章　老いの貧苦

「年を取ると頑張らなくてすむからお得です」なんてことを言うと、「余裕ぶっこいてんじゃねェよ」とか言われそうですが、私に余裕なんかありません。貯えなんてものもありません。支払わなければいけないローンの残高は数千万円あって、おまけに私は完治のない難病に罹っている病人です。余裕なんかあるはずがありません。

余は如何にして貧となりしか

私が貧乏になったのは、目の前にあった「貧乏になるか」と「貧乏になるのから逃げるか」という二つの選択肢の内から、「貧乏になる」を選択した結果です。自分で選択したんですから、「貧乏を嘆く」もへったくれもありません。「クッソー、本当に貧乏になりやがった」と思うだけです。

なんで私の前にそんなバカげた選択肢があったのかと言うと、昭和が終わってまだバブル経済が全盛期だった頃に、私の事務所の入っていたマンションの部屋のオーナーから、「そこを買わないか」という話が来たからです。

昭和が終わった一九八九年のその十二月に、東京証券取引所の平均株価は三万八千九百五十七円になって、翌年の三月には三万円台を割ります。結果的に一九八九年十二月の平均株価は「史上最高値」ということになりますが、そんなところまで行ってしまうと、少し下がっても「また上がる」という変な信仰が生まれて、株価は下がり続けても、バブル経済はなお「全盛」なのです。それが「はじけた」が大っぴらに言われるのは、一九九二年の三月になって、土地の公示価格が軒並に下落してからです。私のところに「マンションのその部屋を買いませんか」という話が来たのは、「バブルがはじけた」の二年前で、私がそう思わなくても、「まだまだ上がる」が信じられていた頃です。値段は坪六百万円で、計一億八千万円です。なんでそんな話が来たのかと言うと、あちらに遺産相続というような話があったらしいからです。

「そんな金ないですよ」と言うと、向こうは「貸すと言っている銀行を連れて来る」と言いましたが、私の取り引き銀行とは違う銀行です。私が「自分の取り引き銀行に聞いてもいいか」とオーナーに言うと、向こうは「どうぞ」と言って「どこの銀行でも同じ値を付けるはず」と言いました。それで私は自分の銀行の営業担当者——その時にはそういうものがいました——に電話をして、「かくかくしかじか」と言いました。営業担当者は格別に慌てる風情も見せず——というか電話では見えませんが、「早速に査定をさせます」と言いました。

その結果はすぐに出て、営業担当者は「ウチの方の査定の担保価格は坪四百万です。六百万は高すぎるから、あちらに交渉してまけてもらったらどうですか？」と言いました。その時の私に「買おう」などという気は夢さらないので、子供の使いのようにオーナーのところへ行って、「六百万は高すぎるからまけてもらえって言ってますけど」と言いました。するとあちらは、「そんなはずはない、銀行に言って再交渉するべきだ」と言うので、私はまた子供の使いです。

「向こうはね、そんなはずはない。相場は坪六百万だって言ってるんですけど」と言うと、電話の向こうの担当者は明らかに表情を変えて、「早速査定をやり直させます」と言いました。いくら私でも、「せっかくの融資話を他行に持って行かれたら大変だ」と担当者が焦っているのは分かります。そんなものを買う気がない私は、銀行同士を競合させて話そのものをだめにさせようなんてことを考えていたのですが、三日たって私の銀行の担当者がやって来て、「ウチも坪六百万で査定します」と言いました。

三日間で銀行の評価額は一・五倍の値上がりです。そういうものを目の前で見て、「バブルとはこういうことか」とは思いましたが、この件は初めから私にとって他人事なので、「恐ろしい」とは思わず「バカらしい」と思い、「日本中がこんなものの中にいたらどうなるの？」とあきれました。

今やもう忘れられたことですが、昭和が終わった年の日本は騒然たる雰囲気でした。日本ばかりでなく、中国では天安門事件が起こり、ベルリンの壁は壊されて、ゴルバチョフ体制のソ連も崩壊寸前でした。まだ「バブル経済」という言葉は表には出なくとも、異様な日本の状況の中にいて、私は「次に問題になるのは経済だな」と思っていましたが、私に経済なんか分かりません。「どうしたら経済というものが分かるようになるのだろう？」と私は思って、すぐに気がつきました。経済というものは、参加しないと分からないのです。だから、参加する資力のない貧乏人に経済は分からなくて、経済の本なんか読んだって一向にピンとこないのです。そう思っていたら、経済が向こうからやって来たのです。

物件の査定をし直した銀行は、「評価額は坪六百万円だけど、それを一〇〇%担保にすることは出来ない」と言います。その時の私には定期預金が二千万円あったのですが、それがちょうど担保には不足する金額に該当するもので、それを言われた私は、「じゃ、俺は一文なしになっちゃうの?」と思いました。

そういうものを「買う」というのは、世間的には「将来の値上がりが期待されるから」ですが、私には初めからそんな考えがありません。問題のマンションは新宿の新都心のそばで、坪六百万円などという値上がりをしたのは、そこに都庁が移転して来るからだというのですが、都庁の移転なんかもうずっと前に決まっていて、「買わないか?」の時点で都庁舎はほぼ出来上がっています。

「都庁が移転するから値上がりする」なんて話は、もう完結済みだと思ってました。なにしろ私が賃貸で入った時には、三十坪の広さがあるのに家賃は格安だったのです。築二十年の中古マンションで、しかも私が借りたのは半地下の部屋でした。朝起きて第一にしなけりゃならないのは照明のスイッチを入れることで、午後の三時を過ぎると横から太陽の光がやっと差し込んで来るのですから、普通の家族が居住するのに向いているとは言えません。私が入ったのは「下の階がないからいくら本棚を置いても底が抜ける心配はない」というのが最大の理由でしたから、格安だったそこが更に値上がりすると は思えません。誰がそんなところに坪六百万円払って住むんですかね。値上がりする見込みのないものを買うんですから、「じゃ、俺は預金ゼロになっちゃうの？」と思うだけです。

そういうものを「買う」ということは、「損をする→貧乏になる」という結果を招くだけです。私の銀行は「担保の不足分は定期預金を担保にして貸すから、それを引き出さないでくれ」と言います。

銀行の立てた返済プランは、一億六千万円の分を私が七十歳になるまでの三十年の間、毎月百万円ずつと、残りの二千万円の分を毎月五十万円四年間で返済するというものです。「銀行ともあろうまともなところが、なんだってこんな得体の知れない物書きにそれだけの返済能力があると思うの？」と、私は思います。銀行の方は「払えますよ」と言いますが、私は「担保分は確保したからそんなことが言えるんだろう」と思います。まともに考えて、七十近くになった自分に毎月百万円の借金が返せるとも思いません。その以前に「わずか四年間とは言え、毎月百五十万円ずつ返すなんて、そんなこと可能なの？」と思います。銀行は「まだ値上がりしますよ」と言いましたが、私はきっぱりと「そんなわけないじゃん」と言いました。

そのマンション購入に「うん」と言って、私は貧乏への道を辿ることになるのですが、その一年後、私の隣の部屋の同規模の広さと思われるものが九千万円で売れたということを管理人がこっそり教えに来ました——「お宅はいくらで買ったんですか？」と。「倍ですよ」と言った後で、私は「ほら、見ろ！ 勝った！」と叫びました。私は、どうやら勝手に「ここはもう値上がりしないと思う」という方に一億八千万円を賭けたんだと思っていたのです。もちろん、その賭けに勝ったって、一銭も戻って来やしませんが。

世にもバカげた理由

私が貧乏への道を辿るようになったのは以上の理由ですが、問題は「なぜそんなバカげた選択をしたのか？」です。なぜそんなことをしたのかという最大の理由は、その前年に昭和が終わって、その時に私が四十歳だったからです。

「マンションの部屋を買わないか」という話が来た時、私は若者向け雑誌に『貧乏は正しい！』というタイトルの連載を持っていました。「昭和が終わった後で問題は経済だ」と思っていて、「経済のことはまだ分からないが、とりあえずやって来る状況は貧乏だ」と思っていて、「若い人間が貧乏なのは当たり前だから、それをいやがらず貧乏に慣れろ」というつもりで、「なんか連載をしてくれませんか」という依頼に対してそんなタイトルを付けたのですが、おそらくはそんな理解なんか載せる方にはなかったでしょう。まだ「バブルがはじけた」と言われる前のことです。

私は「貧乏は正しい」と思っていたのですが、よく考えるまでもなくその時の私は貧乏じゃありません。自分のことは棚に上げて若い奴をアジるというのはよくあることで、私はひそかにその矛盾をどうしようと思っていたのですが、連載が始まってすぐの段階で「貧乏になりませんか？」という話が来たので、「矛盾解消のためにはその話を承諾して貧乏になればいいんだ」と思って、貧乏への道を選択したのです。

しかし、よく考えてみると、私のこの話は錯覚です。『貧乏は正しい』の連載が始まったのは、私が「貧乏になる」という選択をした翌年で、それからしばらくして隣の部屋の値段が下落していたことを知って、「ああ、俺はちゃんと貧乏だ。よかった」と思ったのです。どっちにしろバカげた話に変わりはありませんが。

実のところ私は、それまで生活に困ったということがほとんどありません。もちろん子供だった戦後の早い時期の日本に貧乏は当たり前にあって、「貧乏になると大変なことになるぞ」という知識は持ち合わせていましたが、所詮は子供の頭の理解で、貧乏は他人事です。十代の頃から金があればあるだけどうでもいいことに使って、いつも「金がない」と言っている太平楽でしたが、そういう人間が四十を過ぎてなぜ二千万円もの預金を持っていたのかと言うと、使おうとして使いきれないから貯っちゃったんです。銀行がやって来て「定期預金にしろ」と言うから、「いいけど」で言うがままになったのですが、そういう状態になった三十代の終わりの私は「金を使うのは大変だ」ということを実感していました。

時はバブルの頃ですが、私には「家がほしい」とか「車がほしい」という発想がありません。どうでもいいような物にだらだらと金を使って、「別にもうほしい物はない」という状況になってしまいました。私には、「金はあったらあっただけ使い切る」というへんな習性がついていたのですが、もう使い切れません。一つには「ほしいものをレベルアップさせる」という金の使い方がありますが、そんなことを始めたら等比級数的に出費が増えます。たいした必要もないものをレベルアップなんかさせてしまうと、それで身を固めてしまう自分に変質が起こります。行くところまで行って「その先」を考えると、「この先は〝金を使う〟じゃなくて、〝金を使うことに振り回される〟になるな」ということが簡単に分かりました。物書きの私にとって「自分が変質する」ということは一番やばいことですし、私自身は金を使うよりも原稿を書くということをしていたいのです。

「金が無意味にあるんだったら、他人のために使えばいいじゃないか」という話もありますが、他人のためにちゃんと金を使うというのは、片手間では出来ません。私には仕事をやめようとか手加減をしようという発想がないので、税金の本当の恐ろしさを知らぬまま、「国に持ってってもらって国に使ってもらえばいいんだ」などということを考えました。そう思ってるところに「毎月百五十万円払って損をしませんか」という話が来たのです。今から考えてみれば、四十になった時にはその後の転機となるような様々なことが起こっていて、私は「年寄りになるための準備」を知らない間に進めていたのですが、「マンション買いませんか」の話が来た時の私は、自分の『源氏物語』を書くために山の中の出版社の寮に缶詰めになっていたのです。

そこでは、原稿を書く以外にすることはありません。テレビはありますが、昼と夜の二回の食事時にニュースを見るだけです。昼と兼用の遅めの朝食を摂る時に、新聞の朝刊を広げます。仕事の合間にするのは散歩しかありません。そういう生活をしていて、「そうか、テレビのない時代の作家って、こんな生活だったのか」と思いました。私は酒を飲まないので、ただそれだけの生活に慣れてしまいました。

私は昔からチャラチャラとして落ち着きのない人間だったので、そんな山の中の生活に堪えられるのかと思ったら意外と堪えられて、そうなって「山の中に入っちゃってもいい」という決断をした本当の理由が分かりました。それは、「今までの自分はチャラチャラした戦後生まれの典型のようなものだったが、もう昭和も終わったし、四十も過ぎたから、本来の日本人のあり方に戻ってもいいかな」ということでした。あまり自信のないことを口にしても無茶が起こるだけなので、自分にも黙っていましたが、慣れてしまえばその通りです。

日本人がテレビを知ったのは戦後のことです。もっと前にはラジオもありません。新聞もありません。家の外から刺激となるものが家の中に直接やって来ることはまずない中で、日本人は生きていました。テレビのない平安時代の話を書いていて、それでも平気なのかなと思っていたら、結構平気でした。そして東京に帰って来たら、「毎月百五十万円払い続ける」という話が待っていました。

七十の自分の未来がそんなに明るくないことはすぐ想像出来ましたが、ぼんやりと「年寄りって貧乏だから、それでもいいんじゃないの?」という気もしました。

年寄りのあり方は昔に倣えばいい

「今の年寄りは金を持っている」というのは通り相場みたいなものですが、私にはそれが不思議です。私の頭の中にある年寄り像というのは、「ヨボヨボであまり金を持っているようには見えない」というものだからです。

「一体、お前の年寄り像はいつの時代のものだ?」と言われると、私の子供の頃のものです。そんなことを言うと「今は違う」と言われそうですが、年寄りというものは社会とは距離を置いて存在するものだから、それでいいのです。

若い間、人間は社会と共に生きています。社会のあり方に従ったり、反抗したりして、それでも社会のあり方とシンクロして生きています。だから、時代時代によって若い人間の様相は違います。でも、年を取って社会との関係が一段落してしまったら、年寄りはもう「ただの年寄り」です。若い人間は、見てくれからして時代によって違いますが、年寄りはいつの時代だってただ「年寄り」であるという点で同じです。年寄りは昔からいて、年寄りは昔から年寄りなんだから、年寄りのあり方は昔に倣《なら》えばいいのです。

定年というのは、日本の歴史からしたら比較的新しい制度ですが、その以前には「代替わり」という似たようなものがあります。定年という制度は、それの近代的なスタイルでしょう。

代替わりというのは、息子に家督を譲って隠居をすることです。それをしなければ「家」という生活システムが崩壊してしまいます。「いくつになったら家督を譲る」という決まりはなくとも、当人が「もうそろそろだな」と思ったらそれが潮時です。権限を新しい世代に譲るのですから、隠居が地味に暮すのは当たり前です。代替わりを可能にするような「家」がなかったら、年を取っても働きます。体力が落ちて、それでもまだ働かなくちゃいけないのだから、「ヨボヨボで貧乏たらしく見える」は当たり前です。年寄りを養う息子にその力がなかったら、隠居状態の父親は、当然貧しさを甘受しなければなりません。「楽隠居」という言葉があるということは、「現場を退いたが楽ではない隠居」がいくらでもいたということでしかないはずです。

「戦後」という昭和の一時期、日本人は金を貯め込むことが可能になりました。年金という制度も出来上がって、年を取っても国家から金をもらえるようになりました。でも、日本は貧乏になって、その年金制度も危うくなって来ました。金を持っている老人のところには振り込め詐欺がやって来て、結構な額の金を巻き上げて行きます。そうやって、不景気の中で「金が循環するのが経済だ」ということを実践させてしまいます。

そんな話を聞くたびに「なんだって年寄りがそんなに金を持ってるんだ?」と思いますが、戦後の一時期に貯め込まれた金はそうやって引き出されて行き、年金の支給額は減って物価は上がるということがジワジワと近づいているのだから、「年寄りは貧乏」という昔の構図はまた珍しくなくなるのかもしれません。最近では、実際に「老後破産」という声も聞こえて来ます。

私が「年寄りだったら貧乏でもいいんだ、それが本来形かもしれない」と思ったのは、まだ「バブルがはじけた」と言われる前のことですが、「どうやらそういうもんらしいから、それに慣れるようにしよう。この先はもう年寄りなんだから」と思って、貧乏の方へ進んだのです。

体によくない借金返済話

私の話は、相変わらず軽薄で身にしみない他人事のようですが、この先はもっと大変になります。

四年で二千万円の借金は返しましたが、そうしたら今度は実家の方から「家を建て直すのはどうだろう?」という話が来ました。親の「どうだろう?」にNOという選択肢はありません。「勝手にしろ」と思ってこれを承諾なんかしてしまうと、再び毎月の返済額は百五十万円です。これがずーっと続くことになります。そうなる前に、私は一億円以上の額を稼いでしまいました。そういうことをすると、日本では「個人が不届きにも金を稼いだ罪として、やたらの税金を取る」ということになります。

税金には所得税と地方税と消費税と、更には「来年の分まで払っとけ」という予定納税まであって、「税金は恐ろしいと聞いてましたが、聞きしにまさるもんですね」と私の担当の銀行員が言うほどになり、私はついにたまりかねて、自分の収入を法人として管理することになった——私の父はかつて小さいながらも社長をやっていて、他人の借金の保証人になった結果、借金を背負って倒産したという人物で、まだ休眠会社を持っていたのです。「それの名義を変えればいい」と以前から言っていたのを「やだ」と断っていたのが、もう断りきれなくなりました。

収入を法人に切り換えたけれど、ちっとも楽にはならない。法人には法人なりの出費が必要になる。「ちっとも楽になんかならないじゃないか」とぼやいていたら、税務署から通称「トッカンさん」というこわい人が来て、「法人にしてるけど、個人に戻す気はありませんか？」とやさしく言いました。詳しいことは省くけど、結局収入は個人に入るように戻して、「つきましては修正申告をして下さい」と言われたその額は、いくらだか忘れたけれど結構な額で、この時に私の預金はゼロになって、さすがに四十代の半ばで貯えゼロになるというのはショックで、私は一ヵ月寝込みましたが、それで現実は止まらない。毎月百五十万円はなおも進行中で、私は「印税の前払いをするから『源氏物語』の後の『平家物語』を始めてくれ」と言われた話に乗りました。

乗ったはいいが一冊五百枚平均のくそめんどくさい本がそう簡単に仕上がるわけもなく、十二巻分前払いでもらった金は一年でなくなり、その後の私はノーギャラで一冊五百枚の本を書き続けながら、ローンの支払いその他で必要な金を別に稼がなければならなくなりました。とんだお笑いですが、もう本当にヘトヘトで、余分な金なんか一銭も使えない貧乏ですから、私の税理士なんかは「生活どうしてるんですか？」と言いました。私の答は「生活なんかない」でしたけれど。

そういう生活を四半世紀続けて、いまだに完済のゴールには至らず、「本当にそこまで行けるのかよ?」と思いはするものの、私はあまり「バカなことをした」とも思ってません。聞くだけで体が悪くなりそうな話ですが、そういう生活をしていて、物書きにとって大切ななにかは身についたと思っているので、「よかった」とは思っています。

第七章　病気になる

仏教の方では、人間が受け入れなければならない必須の苦しみを「生、老、病、死」の四苦とします。ここに「貧」はありません。四苦を更に八苦にまで広げても、「貧」はありません。「生きる」ということを苦の第一にしてしまうような高度な考え方からすると、「貧」などという俗なものはどうでもいいのかなと思って考えると、「その昔に出家するような人は、それなりに豊かな階層の出身者だったから、そもそも貧は関係ないのか」なんてことも思います。もしかしたら、カール・マルクスが出て来るまで、貧乏人は「人」とは違うカテゴリーに属していたのかもしれません。

てなことを言って、今度は四苦の内の「病」です。

定年を過ぎて病気になる

既にご承知の通り、私は貧苦の中でも十年がかりの仕事を続けておりましたが、その長い作品の最終巻が「もう少しで終わり」という頃になりまして、「これが終わると、俺はすぐ六十じゃないか」ということに気がつきました。「六十だから還暦だ」とは思わず、定年なんか関係のない自由業のくせに、「だったらもう定年の年じゃないか」と思いました。

これで私は「世間的な基準」を意外と気にする方でして、多くは「気にして無視する」ということになってしまうのですが、時にはそれを「なるほど」と思って受け入れたりもします。「もう定年だ」と思ったのもそれですが、そう考えてしまったのは、私が十年も同じ仕事を続けていたからでしょう。十年というのは、結構な時間です。

その以前に「三年がかりの仕事」をやっていた時には、始める前から「終わるまでの時間」というのを予測して、「少し長くはあるがそんなにかからないだろう」と思っていました。「結果として三年がかかった」というだけで、「終わりが見える」という点で三年はそれほど長い時間じゃありません。だから、その仕事が終わった日のことをちゃんと覚えています。ところが十年になると、そうはいきません。

初めから「いつ終わるんだ?」が曖昧で、「やってみなきゃ分からないから覚悟を決めよう」です。暗中模索のような状態で「まだ終わらない」と思いながら続けて行くと、「いつかは終わるだろう」になり、その内に「終わる」などということが分からなくなり、「ただ続ける」という状態になります。突然「あ、もうすぐ終わりだ」ということに気がついても、最早「日常」と化しているので、「終わる」ということがよく分かりません。「終わるのか——。しかし、これが〝終わる〟ってどういうことなんだ?」と思ってボーッとしています。「終われば六十、定年か」と思ったのも、その時の自分の状態が「仕事一筋だった会社人間の男が定年を迎える時」に似ているように思えたからです。

「定年」とは関係のないところで生まれ育った私が、「定年」というのを初めて見たのは大学に入ったくらいの頃でした。子供の頃に私を可愛がってくれていた近所のおじさんの様子がへんでした。道で会って「こんにちは」と言っても、挨拶を返してくれません。懸命に自分の内部を凝視するような表情で、杖を突いて歩いています。その足取りは悲しいくらいです。「リハビリ」という便利な言葉がまだない時代でしたが、そのおじさんは脳溢血とかそういう種類の病気のリハビリで外を歩いていたのでしょう。大学の職員だったおじさんが定年になったという話は、その以前に聞いていました。道で会って「少し元気がないな」とは思っていたのですが、そのおじさんがいつの間にか別人のようになっていました。

道で二度ほど別人になってしまったおじさんを見かけて、どういうわけか「定年とはそういうものだ」が私の中に刻み込まれてしまいました。城山三郎氏の『毎日が日曜日』という小説が評判になったのはそれより後のことですが、そのタイトルが「定年になるということは毎日が日曜日ということだ」を伝える恐ろしいものであることを知って、「なんで世の男達は定年という恐ろしいものをそのまま放置しているのだろうか？」と思いました。毎日同じリズムを持って続いていたものが、ある日突然プツンと断ち切られてなくなってしまう。「仕事を続ける」という緊張感の中でバランスを取っていたものが、そのバランスの取りようをなくしてしまう。定年になって楽になったという人ももちろんいるのだろうけれども、当たり前のように存在していた緊張の糸が切れて、体が変調を来してしまうということは、十分にありうることだと思いました。

自由業を選択した私の中に「定年は恐怖だから逃れたい」という気があったことは事実です。でも、「俺はもう定年なんかとは関係ないから大丈夫だ」と思っていて、気がついたら「あ、もう定年の年だ」です。正直な話、そう思った時の私はヘトヘトに疲れていて、「これで〝終わり〟が来ると、張り詰めていたものが切れて〝定年過ぎの病気〟になるかもしれないな」ということを漠然と考えていました。そうしたら三年後にはその通りになって、「ああ、やっぱりそうなったか――」です。

そうなって、「やっぱり俺も人並みの人間だ」と思っているのですから、私の頭はちょっとへんです。

過労死はきっとこうして訪れる

十年がかりの仕事が終わって「もう定年の年だ」になっても、私はローンを抱えているので休めません。月百五十万円の返済額はどういうわけか知らない内に少し減って、でもまだ月百十万円で自転車操業は続きます。どんどん本が売れなくなって行く時代に「そんなに売れない作家」は、数をこなすしかないのです。

数をこなすしかない私の前に、さる筋から「橋本さん、あなたはいろんな仕事をしてるけど、まだ〝普通の長さの長篇小説〟って書いてないですよね？」というご指摘がやって参りました。私は「異常な長さの長篇小説」は何点か書いて、短篇小説も書いてはいるけれど、「普通の長さの長篇小説」は書いたことがありませんでした。どうしてかと言うと、私にとって「普通のこと」というのが一番むずかしくて、それは事の最後に辿り着くようなものであったからです。

それを「やってませんよね?」と言われて、私は「バレたか」と思いました。「そういうのを書きなさい」と言われて、「もう年だからそういうことをやった方がいいな」と私は観念をしましたが、そういうことをやって、ついに「もう年だ」を実感しました。

そういう無茶をしなきゃいいのに、「一挙掲載」という雑誌の〆切りの都合上、私は三百五十枚超の原稿を二週間ちょっとで書き上げました。「死ぬ気でやります」などということを言ったのが間違いでしたが、書き終えたら「肩が痛い」を通り越して「首が曲がらない」になっていました。さすがにそんな状態になったのは初めてで、書き終わった次の日に久し振りに会った友人からは「どうしたの?!」と言われてしまいました。きっと、今にも死にそうな顔をしていたんでしょう。しかし、「もう年だ」が本格的になるのはその先です。ともかく、疲れが抜けないのです。

疲れはその以前から溜まっていて、「ちょっと休みたい」と思っているところへ、急激に「死ぬ気でやります」の過重労働を押し込んでしまったので、全身疲労で体がギクシャクしています。若い時だと、その疲労をキープしておける余裕みたいなものがあるので、自分が疲れていることになかなか気がつかないものですが、年を取るとそんな余裕がなくなって、「ああ、疲れてる。なんだかやる気がしない」のアップアップ状態がなかなか終わりません。私自身の「しんどい話」をすると、「気分が悪くなるから止めてくれ」と言われたりもするのですが、これから先は、本気で気分が悪くなるかもしれません。

「普通の長さの長篇小説」を書いて半年くらいたって、「まだ疲れは残ってんだけどな」の状態になっている時、私の災難の因であるローン返済中のマンションの管理組合の方から、「管理組合の理事になってくれ」という話が来ました。二十年いて初めてのことですが、理事は持ち回りです。それを辞退すると、ペナルティとして十万円を払わなければなりません。前年までは五万円だったのが、それだと辞退者が簡単に出てしまうので、倍の十万円になったんだそうです。

「突然、十万円払えって言われてもなァ」と思いますし、「経験のために、一度マンションの管理組合の理事というのはやっておいた方がいいかなァ」とも思います。がしかし、こんなものはみんな上っ面の理由で、そんな余分な仕事を引き受けてしまった本当の理由は、まったく違うものです。その時には気がつきませんでしたが、人はオーバーワークが重なって、それが当たり前の状態になってしまうと、「出来ません」ということが言えなくなるのです。

「出来るか、出来ないか」の判断をする前に、自分の頭の中でそれをするためのやり繰りをつけようとしています。過労状態が当たり前になっているので、脳の回路のどこかがぶっ壊れて、「もう無理だ」という判断が出来なくなっているのです。「ちょっとしんどいかもしれないな」と思いながらちょっとずつ無茶を引き受けているので、無理が当たり前になり、「もう無理」という選択肢自体が消滅してしまうのですね。だから、「あれをこうして、こうすれば、なんとなく出来るか?」などという勝手な判断を頭の中でしています。そのこと自体が無茶だとは気づけないいんですね。そういうところに入り込むと、人は後一歩で過労死です。

管理組合の理事の任期は二年ですが、「理事長は一年生理事の中から選ばれる」という習慣があって、私は理事長です。理事長の任期は一年間ですが、既に決まっていた私のスケジュールでは、その一年間に長篇小説を二作書くことになっていました。書くことは書きましたが、自分がいつどうやってその二作を書いていたのかは、ろくに思い出せません。というのも、私が管理組合の理事長になったマンションは訴訟を抱えていて、月に一度地方裁判所へ行かなければならなくなっていたのです。「そんな話、先に言っといてよ」です。

こう言っちゃなんですが、裁判なんか抱えちゃだめですね。人の心がギスギスします。そんなことを言っても、私達の裁判は訴えられる被告の側だったんですけど。その裁判は以前から長く続いていましたが、弁護士任せでいいと思っていたので、「理事長が裁判所に行って立ち合う」なんてことは考えてもみませんでした。

なにしろ、訴えられている裁判なので、反対派は「この訴訟自体を認めがたい」という立場に立っちゃってます。だから、裁判所に行くと、「あんたは推進派なんでしょ」と決めつけられて、反対派のおばちゃん達から罵倒されます。人心不和になると、ウサ晴らしとか八ツ当たりということもあって、各人がいろんな「問題」を持ち出して来ます。「私だってこんな問題を発見している。なんとかしろ」と。その量が月に一度の理事会では処理出来なくなって、理事会は月に二回になります。そういう中でよくまァ原稿を書いてたなァとは思いますが、もう一つ裁判と並行してやらなくてはいけないのは、排水管の改修工事です。排水管の清掃業者がもう何年も前から、「この古い排水管に高圧洗浄なんかをすると、壊れることになりかねない」と言っているというので、改修工事をしなきゃなりません。二作目の長篇小説を書き終えた次の週に、排水管改修工事の段取りがスタートしたことは覚えています。

私は六十二歳になり、夏が来るまでの間、裁判を終わらせ、排水管工事も順次着手して行ったのですが、その中で分かったことが二つあります。一つは、「仕事は出来る人のところにどんどんやって来る」ということです。ある人はそこに「排水口のように」という比喩をくっつけました。自分が仕事の出来る人間かどうかは分かりませんが、その時期を振り返って「排水口のようにどんどん用事を受け入れていたな」ということだけは実感しました。なにしろ排水管の改修工事ですから。

もう一つ分かったのは、忙しすぎて「断わる」ということが出来ない心理状態になると、恐怖心が強くなるということです。「あんたの体力はなくなってるよ、やばいところに来てるよ」ということを教えるために、「こわい」という感覚が強くなるんですね。

断わる力がなくなっていて、それでも新しい用事を引き受けているから、「それでもいいの?」と思う体の方から警戒信号が出てしまうのでしょう。その後に私のなる病気が免疫系の疾患だというのも、あってしかるべきことなのかもしれません。

何万人に一人の難病

マンション関係の用事がほぼ終わって、私はまた新しい連載小説に取りかからなければならなくなったのですが、その時に天気予報は「これから三十五度の暑さが続きます」と言っていました。私は、暑さに強いというか、耐えられる体質で、三十二度までならエアコンなしで原稿が書けました。三十度からジリジリ上げて、「三十二度までなら大丈夫」にはなっていたのですが、「三十五度」と聞いてこわくなりました。「エアコンをつけたにしろ、外が三十五度の部屋の中で原稿を書いているのはつらいな」と思いました。ちなみに私のエアコンの設定温度は二十八度です。「暑いのはやだな」ではなくて、「三十五度はこわいな」と思ってしまったのが、もう異変の始まりだったかもしれません。

お盆過ぎに朝起きてみると、脚が赤い斑点だらけです。その前の日まで旅行をして部屋を留守にしていたので、「この暑さでベッドに虫でも湧いたか」と思いましたが、「やたらの虫刺されの痕」のように見えて、痒みというものがありません。「なんだろうこれ？」と思って、「その内に消えるだろう」と思ったのが消えません。その内に両脚のふくら脛のつけ根のところが締めつけられるように痛くなって、歩くのがつらくなりました。「クソ暑い中でろくに歩かずにいた結果、筋肉が退化したか」と思いましたが、なんかへんです。裁判関係の用事がすべて終わった九月の中頃になって、はたから見ても「病院行った方がいいですよ」と言われる状態になって、それでもグズグズしていたのは、「病院ていうのは、どうやって行けばいいんだ？」と思っていたからです。

二十五の年に盲腸で入院して以来、私は病院とは無縁です。というか、「どこが悪いか」ということがはっきりしない限り、病院というのは人を受け入れてくれないところだと思っていたからで、だから盲腸の時は、「あ、これは明らかに盲腸だから、自信を持って病院へ行ける」と思って、鼻唄まじりで病院へ行ったのです。行ったら、腹膜炎の一歩手前で三週間入院させられました。そういう人間なので、「自分はどこか悪いのだけれど、どこが悪いか分からないから、病院の何科に行っていいのか分からない」と思っていたのです。そこで、この六十を過ぎた男は友達に電話をかけて、「ねェ、病院てどう行くの？」というとんでもない質問をしたのでした。

そして、「あなたのところからすぐに行けるところに某大学病院がある。そこに総合受付というものがあるから、そこで〝こうこう〟と病状を話すと、〝何科へ行け〟と教えてくれる。ただ、大学病院は紹介状のいるところだから、紹介状なしで行くと初診料が高くなるので覚悟しておくように」と言われました。それに対して「ああ、そうなの」と言ってるんですから、「お前はそれでよく小説なんか書いてられるな」と自分で思います。

それで、病院に行きました。もちろん、鼻唄まじりじゃありません。脚は痛くて歩くのが困難で、心臓はドキドキしてちょっと歩いただけで大変なことになります。

総合受付で「脚が痛いんですけど」と言ったら、「整形外科の方に行って下さい」と言われました。「お腹の様子もおかしいんですが」と言ったら、「最初の受け付けは一科目だけだから、まず整形外科に行って下さい」と言われました。

患者として大学病院に行ったのなんか初めてなので、苦しいながらも「患者というのはこのように待つものなのか」と思っていて、私の番が来ました。私の話を聞いた整形外科の先生は、「じゃ、ちょっと見せて下さい」と言ってズボンの裾をめくりました。夏に出来た正体不明の斑点はまだ健在で、それを見た先生は「こ、これは——」とも言わず、「血液内科の方へ行って下さい」と言いました。私は「血液内科」などという診療科目があることも知らなかったのですが、「へー?」と思って行きました。

そこで「検査を受けて来て下さい」と担当医に言われて、ハァハァ言いながら病院中を歩き回って何種類かの検査を受け、その結果「白血球の数が異様に多いですね」と言われました。「心臓の動悸も異様に速い。長年の大量喫煙のせいで肺はかなりスカスカになっているが、肺癌の危険はない。動脈硬化も結構進んでいる」と言われた末に、「今日はもう受け付け時間が終わっているので、明日改めて内科総合というところへ行ってほしい」と言われました。私はなんだかよく分からないままでしたが、「タライ回しにされるのはいやだ」とも思わず、自分一人で持ち堪えていたものが医者の手に移ってしまったと思って、気楽でした。

次の朝、内科総合というところへ行きました。いろいろな検査やら問診があって、担当医から「血管炎の疑いがあります」と言われました。「血管炎」などというのは初耳だったので、「あまり聞かない病気ですね」と言いました。なんだかあまりたいしたことがなさそうなシンプルな病名だったのでそう言ったのですが、担当医はあっさり、「何万人に一人の難病です」と言いました。言われて私はショックを受けるわけでもなく、「すげェ」と思ってしまいました。そういうメンタリティの持ち主だから、面倒な病気になるのでしょうね。

それで私はリウマチ膠原病科というところに預けられました。正式の病名は「顕微鏡的多発血管炎」というもので、うっかり「的」の字の位置を間違えると「顕微鏡多発的血管炎」になって、「体の中から顕微鏡がいっぱい生えて来る病気」のようになってしまいますが、そうではなくて「毛細血管が炎症を起こしてただれる」という免疫系の病気なんだそうです。「顕微鏡で見なきゃ分かんないような細い血管が炎症を起こす」なんて言われたって、そんなものがイメージ出来るわけはありません。「白血球が多いのは過剰免疫で——」なんてことを言われてもピンと来ません。自分で言うのもなんですが、私には、年を取る前から「無駄な知的好奇心」というものがないのです。

相変わらず「ローン返さなきゃ」と思っている私は、「明日入院して下さい」と言う先生に「どれくらいで治るんですか？」と聞きましたが、その答は「完治はない」でした。私のもう一つだけ知りたいことは、「その原因はなにか？」だったので、「原因は、過度のストレスとか極度の過労ですか？」と尋ねましたが、こちらの答は「原因不明です」でした。私としては、「あのクソ忙しさと反対派のクソババァのおかげでこんなことになったんだ」と思いたかったんですが、「原因不明」じゃ仕方ありません。

「入院する」と言って、「過度の疲労で」だったりすると、そうなった自分がバカみたいです。やっぱり「何万人に一人の難病で入院するのはすごい。人に自慢出来る」と思っているのですから、私の頭はちょっとへんです。

第八章　病院で「老いの孤独」を考える

壁から剝がれるタイルのように

かくして私は、難病によって四ヵ月近くの入院生活を送ることになるのですが、入院して二週間ほどたってあることに気がつきました。それは「人間は年を取ると孤独になる」ということです。

「専用病棟に空きがない」ということで、初め私は緊急入院患者の入る雑居房に入れられました。折角入院するのに個室なんかに入ったらなんの経験も出来ないし、余分な金もかかるので「大部屋でいい」と言ったのですが、そこにいる間は、境のカーテンを閉めきって眠ってばかりいたので、周りの状況はなにも分かりません。一週間ばかりがたって病室を移されて、そこでもしばらくは眠ってばかりいたのですが、その内にぼんやり気がつきました。

「私の病気に相応する病室」といっても、私は何万人に一人の病気ですから、そこに私と同じ病気の人はいません。他の多くは糖尿病患者です。カーテンを閉めきって寝ているままでも、医者や看護師が「糖尿病の心得」を患者に説明する声で分かります。入退院が繰り返されるたびに、自分とは関係のない「病気の心得」を聞かされて、いつの間にか覚えてしまいました（もう忘れましたが）。

その説明に答える患者の声は、当然中高年男性のものです。カーテンを閉めきった隣のベッドからは、なんの病気か知りませんが、いかにもえらそうなオッさんの「痛ェよォ」という呻き声が聞こえます。きっと、それなりに社会的地位を得た人なんでしょう。「苦しんでいてもエラソー」というのはへんなもので、私なんかは「苦しいのに社会的地位なんかまとってもしょうがないから、もっと素直になればいいのに」とかは思いましたが、そうはいかないところがオッさんの性《さが》で、私はそのエラソーな呻き声を聞きながら、「ここはジーさんの病室なんだな」と思いました。

入院した時、私は六十二歳だったのですが、うっかり「ここで俺は一番年下なのかな」と思ってしまいました。もちろんそんなことはないはずだと思うのですが、その時に私の病室にいた男達の全員が定年を過ぎていたことは確実だと思います。その証拠に、見舞い客が全然来ません。来るんだったら、付き添いで奥さんが来ます。嫁に行ったのか独立してしまったのか、そういう娘が来たことが一度だけあります。奥さんの友人が来て、奥さんと一緒に世間話をベッドのそばでしていることはありましたが、見舞いに来た男の声が聞こえたことはありません。患者が入れ替わって、まだ現役年代の「労働者」系の職種の人が入院した時には、仕事仲間が来て「どうだ？」とか言っていましたが、定年過ぎのホワイトカラーのサラリーマンにそれはありません。ずっと独身だったり、奥さんと死に別れたり離婚した人だと、奥さんも来ません。男にとって、老いというのはそういうものでもあるんだなと思いました。

たとえて言えば、社会はタイル貼りの大きな部屋で、男は壁に貼られた一枚のタイルです。時間の経過と共に、タイルを壁にくっつけるパテやセメントが劣化して、タイルは壁から剝がれ落ちる。「老い」というのはそういうものなんだろうなと、私は病室のベッドで思いました。でも、それで不安になったというわけではありません。逆に、「年を取ったら孤独でもいいんだ」と思って、ほっとしました。

私は一度も就職をしたことのない独立独歩の人間で、孤独であることには慣れています。でも、若い時に孤独であるというのは、多く批判の対象です。「友達がいないんだろう」などと噂われたりもします。独立独歩であっても、社会のありようからずれた方向に行くと、「問題あり」のレッテルを貼られたりもしますから、孤立して社会の大筋からずれてしまわないように、気をつけなければなりません。独立独歩であっても、孤立や孤独はいけないのです。でも、年を取ってしまえば、その自分は壁から剝がれ落ちたタイルで、孤独や孤立は当たり前です。気にする必要はありません。それで私は、「年取ると孤独でもいいんだ。もう自由なんだ」と思ったわけです。

病院で「生」を考える

「年を取ったら孤独でもいいんだ」と思った私は、それとほとんど同時に、「現代の病院は生死を考えるところじゃない」ということにも気がつきました。なんでそんなことに気がついたのかというと、病棟の中が結構騒々しかったからです。

病室が並ぶ病棟は静かなもんなんだろうと、私は勝手に思っていたのですが、そんなことはありませんでした。私の入ったジーさん病室はナースステーションのすぐ横で、開けっ放しのドアからは、ナースステーションの音がストレートに流れ込みます。病室のベッドに付いているナースコールのボタンを押すと、昼間は結構大きな音でナースステーションに音楽が鳴るのです。ピコピコいう電子音の『エリーゼのために』とビートルズの『ミッシェル』です。それが頻繁に鳴ります。若い女性の看護師はみんな元気で、年寄りの患者に平気でタメ口です。初めは「なんでそんな口のきき方をするの？」と思いましたが、昼間から病人相手に声をひそめて話していても気が滅入るだけです。それでガンガンタメ語です。

私は放っとけばいつでも眠っている人間なので、朝食が終わってしばらくすると眠ってしまいます。するとカーテン越しに隣から「どうする？　今日頭洗う？」と言う看護師の元気な声がビンビン響いて来ます。それでもまだウトウトしていると、別の看護師がやって来て、「どうする？　今日頭洗う？」とまた元気よく声を掛けます。「洗う？　そうォ？　じゃ、また後で来るね」と言って、元気よく去って行きます。それでまたウトウトしていると、「じゃ、行くよ。いい？」とまるで突然女子高の学園祭が始まったみたいな、元気な掛け声が聞こえて来ます。何人もの看護師が「せーの！」の声で、寝たままの患者をストレッチャーに移すのです。なんて元気なんでしょう。おちおち眠ってもいられません。

病棟の中には、どうやら「静かに」という注意はないようです。旦那に付き添っている奥さんのところにやって来た友人のおばさんは、大声で「あのデパートはだめよォ」などとなんの関係もない世間話をしています。薄いカーテン一枚に隔てられただけの病室で穏やかに話すのは、良識のある人だけです。私だって、やって来た見舞い客相手に結構な大声で話していたはずです。「生きる活力に満ちた病室」というのはいいものなのかもしれませんが、もしかしたら今の病室というのは、「ゆっくり落ち着いている所」ではないのかもしれません。

私は四ヵ月近く入院していましたが、今の病院はそんなに長い間入院させてはくれませんよね。私の病気の入院の相場は二ヵ月くらいらしいのですが、それが倍近くの長さになってしまったのは、私が余病を併発してしまったからです。そうでなければ、現代の病院は患者をさっさと退院させてしまいます。だから「死」なんかを考えるよりも、「退院後の生」を考えることが重要なのです。

入院期間が一ヵ月でも二ヵ月でもいいですが、年を取って面倒な病気で入院して、それで「退院」ということになっても、前のように元気でピンピンしているとは限りません。現代の退院は「もう入院していなくてもいい」というだけのことです。だから、退院を許可されたり命じられたりしても、多くの患者はまだ「病気のかけら」を抱えていて、退院してからの方が大変になります。病院では、ナースコールのボタンを押せば「どうしました?」とすぐに看護師がやって来ます。でも、普通の人の家にナースコールのシステムなんかはありません。病院にいる方が楽なのです。

私の入院中に、退院と再入院を繰り返していた患者さんがいました。三度目の再入院の時には、ちょうど私の横に立っていた看護師が私の体を肘で突ついて、「また来たわよ」と小声で言いました。相手をする看護師にしてみれば、めんどくさくていやなんでしょう。

入院中の彼は、やたら喋ってばかりいます。相手は看護師です。喋る声は大声ですが、声の調子はなんだかへんです。どうやら肺をやられているようです。担当医師は「だから、そんなに喋っちゃだめだよ」と言っていましたが、彼はやめません。彼の話すことは、自分の身の上と自慢話です。それを看護師相手にトクトクと話して、なにか教えを垂れていますが、「今時そんなことを言われてもさァ――」というような「教え」です。

具体的なことはよく分かりませんが、当人の話によると「すごく不幸な生い立ち」らしくて、でもある程度の資産はあるようです。独身で、兄弟はいるのですが「兄嫁と仲が悪いから、兄弟付き合いはない」と言います。ハァハァいう嗄れた大声で、看護師がチェンジするたびに似たような話を繰り返しているので、いつの間にか覚えてしまいました。

彼は決して「おとなしい老人」ではありません。なにかがあると、看護師や他の女性職員に対して口を極めて罵りまくります。普段はしつこいほどの丁寧語ですが、一旦暴発すると極端です。だから、彼が退院して再入院する理由は簡単です。彼はヘルパーさんを雇っているのですが、すぐにその「バーさん」と喧嘩をしてしまうのです。「あのクソババァが」と言っていました。どうやら彼は、小型の酸素ボンベを引きずって歩かなければいけないような状態で、その病気も長いらしいのですが、退院して酸素ボンベを引きずって、若くもなくて気に入らない——しかもいつでも呼べばやって来るわけではないヘルパー相手に生活するとなると、一週間もたせるのがやっとなんでしょう。大きな声が聞こえなくなって「退院したのか」と思っていると、一週間後にはまた病室にいて、「だからだめだよォ」と、担当医に叱られています。なにが「だめ」なのかは分かりませんが、退院した彼が自分の住むマンションの部屋でヘルパー相手に怒鳴り散らしている姿だけは、簡単に想像出来ます。

その彼とは違う、奥さん持ちの糖尿病のオジさん達だって、退院後の生活は大変なはずです。それが生活習慣病である以上、好き勝手な生き方をしていたという要素は大きいはずですが、退院したら「食事に気をつける、毎日血糖値を測る、運動のために毎日散歩をする」になって、奥さんの管理下に置かれます。私は、糖尿病患者が救急車で運ばれて来ることがあるなんて知らなかったのですが、低血糖になると錯乱状態になって、救急車で運ばれて来たりします。夜中に錯乱状態で運ばれて来た患者が二人いました。暴れて点滴の針をはずして、「おーい！」と奥さんを呼んでいました。退院して彼は、おとなしく奥さんの管理下で規則正しい生活をするんでしょうか？　退院したら、「それまでの生き方」を変更しなくちゃいけません。「退院後の生を考える」というのは大切なことで、うっかりすれば忘れがちのことです。

覚悟はするが明後日のことは考えない

入院してベッドに横たわった瞬間、私は「もう今までみたいに無茶なことをするのはやめよう」と思いました。でも、そう思うのは、思うだけだから簡単で、重要なのはその先にある「もう今までみたいな無茶は出来ないんだ」と認めることです。これを認めるのには、もう少しだけ時間がかかります。

入院前の私は歩くのがつらいくらいに、ふくら脛の下のつけ根が痛んでいましたが、入院してなにかの点滴を受けるとその痛みがなくなって、ただおとなしく眠っていられるような状態になって、眠ってばかりいるようになりました。

私は、病気になると「病気だから仕方がないじゃん」と思って平気でリラックスしてしまう人間なので、「病気と闘う」などという発想が出て来ません。「そういう人もいるのかもしれないけれど、病気と闘うのは医者の仕事だから、患者は医者の言うことを聞いて寝てりゃいい」という、あまり聞かれはしないけれども、多分「正論」であるような考えの上で眠っているだけです。

病気になった人の中には、自分の病気を病床でも詳しく調べ上げて、自分から進んで病気と闘う系の人もいますが、私にはそんな気はありません。体力がなくて「放っときゃ寝てる」という状態になっているので、私の病気に関する医者の説明だってロクに聞いていません。「この状態でそんなめんどくさい話聞かされたって、分かるわけないじゃん」と思って、「そうですか――」の生返事をしているだけですから、今に至っても、私は自分の病気をちゃんと人に説明することが出来ません。「過剰免疫という免疫系の病気で、何万人に一人の難病で、完治はない」という以上のことはよく分かりません。「難病」なんていうのはそんなものでしょう。

それで、私はひたすらに寝て眠っています。元来私は、めんどくさいことを考えるのが嫌いで聞き分けのいい人間なので、退屈もせず病院のあり方に文句も言わず、ひたすらに眠っています。患者としては理想的な「いい患者」なのですが、どうも他人は私が「聞き分けのいい人間だ」ということを理解していなかったらしく、見舞いに来て私のありように驚いていました（心外です）。

私はそうしてひたすら寝て眠っていたのですが、一ヵ月くらいたった頃「なんかへんだ」と思いました。ひたすら疲れて一週間くらいずーっと寝ているというのは、その以前にも経験のあることで、珍しくありませんが、一ヵ月たってもその状態が続くというのは初めてです。実は一ヵ月どころではなく、二ヵ月以上もそんな状態は続いたのですが、「なんかへんだ」と思った私は、それ以前に知っていた「免疫系の病気は疲れやすくなってすぐに眠たくなる」というのを思い出しました。

「そうだな、現代の病院は生死を考えるところじゃなくて、退院後を考えなきゃいけないところなんだな。死を考えるんだったら、病院に入る前の元気な間に考えなきゃいけないな。体力のない病人になってから死を考えると、どうしても考え方がネガティヴな方に傾いちゃうからな」なんてことを考えていても、それは所詮他人事で、自分が「退院後の生活」を考えなきゃいけないとは思っていませんでした。でも、眠っても眠ってもまだ眠い状態が続く内に、「俺は退院して大丈夫なんだろうか?」という考えが浮かびました。そこで我が事として、「退院したら大変なんだ。ただ寝てりゃいい病院とは違って、退院した後の方が大変なんだ」と、覚悟を決めました。覚悟を決めてそれっきりです。別に不安にはなりません。「先のことなんか考えたってしょうがない」でずっと生きて来たので、「ロクなことにならないかもしれないな」と思って、「その時はその時」で覚悟を決めたら終わりです。

私は長い間ローン返済の自転車操業で生きて来たので、「先のことなんか考えてもしょうがない」は肌身にしみて分かっています。「今月ちゃんと払えるんだろうか? 今月返済出来ても、来月大丈夫なんだろうか? これがまだ何年も続いて、本当に大丈夫なんだろうか?」と考えても意味はありません。人間にとって「物を考える」というのは、「不安になる要素を探し出す」ということだとも思っているので、うっかり「先の心配」をし始めると、ドミノ倒しのようにどんどん「先の心配」が増殖して行きます。

そんなことをしていいことなどなにもないので、大事なのは「そんな先のことは考えない！」です。考えるべきことは、「今日やること」とその先にある「明日やること」です。明後日のことなんて「明日次第」で、その明日は「今日の結果如何」です。だから、「今日やるべきこと」を考えていればいいのです。でも、目の前のことにばかり捉われていると視界が狭くなるから、「その先の明日のこと」を考えて、もう「その更に先」を考えない。考えずにただ「困ったことが起こるかもしれないけど」と覚悟を決めるだけです。

「困ったこと」は起こるかもしれない。それが「明日」かどうかは分からない。起こるかもしれないけれど、いつ起こるか分からない先のことで、毎日「今日やること」を続けていれば、その先で「困ったこと」が起こったとしても、それを乗り超える力や方法が見つかるかもしれない。だから「万一ということもあるかもしれないな」と覚悟を決めておいて、「今日やるべきこと」をやっておけばいいのです。

考えてみれば、私には心配の種がいくつもあります。第一はローンの返済です。私は、民間の生命保険や健康保険に入っていません。担保なしで一億八千万円のマンションを買わされた時、その契約後に「やっぱり生命保険に入ってくれ」と言われて、死んだり満期になったら一億八千万円の保険に入らされましたが、その月々の掛け金ていくらだと思います？　二十万円超ですよ。そんなもん、保険金詐欺で殺される男に掛けられる額です。十年くらいそれを払い続けて、あんまり苦しいので勝手にやめてしまいました。まァ、掛け金の戻らないこと戻らないこと、素敵なくらいです。

そういう人間が入院生活を長期でしてるんですから、ヤバイですよね。「入院費の精算を」と月毎に言われるたんびにビクビクですが、不思議なことに、それはとりあえずなんとかなりました。働き過ぎて入院したくらいだから、その払いがあって、しかも二本あったローンの一本が終わって返済額は半額近くになっていた――それでも毎月六十万円超の支払いですから、よく考えれば「本当に大丈夫なんだろうか？」で気が気ではありません。

入院して二ヵ月くらいたって退院の予定日も決まりはしたけれども、その前の日に「どうですか？」と担当医に言われて、「微熱があるんですけど」と言ったら相手の顔色が変わりました。MRIの検査に連れて行かれて、結果は「肺炎」でした。しかもエイズの時に有名になったカリニ肺炎だという。人間の肺に寄生していて普段はなんともないカビの一種が、免疫力が極端に下がると肺炎を起こすというのがカリニ肺炎で、それを知っていた私はまたしても、「ただの肺炎じゃないぞ、カリニ肺炎だぞ、すげェ」と思いました。ただ、人に言うと引かれる病名かもしれないと思って、自慢はしませんでしたけど。

入院してすぐ車椅子で移動させられるようになって、それを卒業したかと思ったら、肺炎でまた車椅子で、今度は酸素マスクを付けられている。寝ている夜中に血液中の赤血球が危険なレベルにまで減ったと言われて、「苦しいですか?」と聞かれたけれど、別になんともなかった。そうなると「聞き分けのいい」を通り越してただの「鈍感」かもしれないけれど、そういう状態になった時、父親が救急車で運ばれたと聞かされます。

父親はもう何年も心臓を患っていて、私が退院した二ヵ月後に死んでしまうのだけれども、息子は肺炎、父親は心臓病で救急車ということになると、「こりゃ呑気にしてられないぞ」なんですが、だからと言って病室のベッドでジタバタしても仕方がない。それで「万一のことはあるかもしれないけれど、俺が退院するまで親父は死なないだろう」ということにしてしまった。そうしたら案の定で、救急車で運ばれた親父は点滴を受けてすぐに帰って来た。理由は「もう年で血管が固くなっているから、入院していても仕方がない」というもので、おかげでやがて死ぬ父親は、その前に退院した息子の顔を見ることが出来たわけでした。

「大丈夫だ」と思っていれば、結構大丈夫なのかもしれません。

第九章　退院すると困難が待っていてくれる

そうして、年寄りに近づく

カリニ肺炎は三週間くらいでどうやら収まったみたいなのですが、もう正月で、担当医は「正月もここにいれば？」と言いましたが、その正月はあの二〇一一年の正月です。気楽なのは私ばかりじゃなくて、担当医も結構気楽です。それで病院で正月を過ごしてしばらくすると、今度は「心臓がおかしい。心筋梗塞の疑いがあるから検査が必要だ」と言われました。

やがて死ぬことになる私の父は長らく心臓を患っています。私が高校生の時に死んだ母方の祖父の死因も心臓病です。父方母方両方の男が心臓病ですから、「死ぬんだったら癌じゃなくて心臓だな」と自分で勝手に思っていましたが、自分で勝手に思っているのと医者から「その疑いがある」と言われるのは違います。「何万人に一人の難病」やカリニ肺炎は「遠い病気」で、だから我が事のくせに「すげェ！」の他人事にもなりますが、「死ぬんだったら心臓病」と思っていたやつは、「身近だからこそやばい病気」です。「死ぬんだったら心臓病」と思っていた私は、だからこそ「年を取ったら心臓病」と思っていて、そう思っている以上、「自分はまだ年寄りではない」と思っていたわけです。

入院した時、私の体重は十キロも減っていて、それから一週間したら更に十キロ減っていました。別人のように痩せて頭は半白髪です。以前にふざけてやった老人メイクより、もっと老人です。見舞いにやって来た人間の中には、そんな私を見て「もう死んじゃうのかもしれない」と思った方もいたらしいです。でも、病院に見舞いに来た人間が患者に向かって、「どうしたんですか？　死にそうですよ」とは言いません。だから当人は自分の危機なんか感じず、病院の廊下にある鏡に映る自分の顔を見て「ああ、自分が本当に年取るとこういうことになるのか」と、またしても他人事のように思い、ダイエットにはまった人間がしがちな、「ちょっと痩せた方がいいと思ってたけど、うまく体重が減ったから、あと五キロくらい落とすといいな」なんてことを考えています。

そう考えてすぐに、「体重を落とす努力ってしんどいからやめとこう」と方向転換をします。「自分は体力がなくなっている」ということだけは明確に分かっているのですが、「死にそう」とか「年を取っている」ということにはピンと来ていません。だから「心臓の検査が必要だ」と言われてしまうと、ビクッとしてしまいます。やっぱり「自分は本当に年寄りだ」ということを受け入れるのは、かなりのことなんだろうと思います。

検査の結果はクロでした。心臓に血液を送る三本の冠動脈の内、二本が詰まってるということでした。「分かる」ということを実現させるためには集中力が必要で、それを可能にするのは「自分を集中させよう」という体力がなければなりません。私は体力がありませんので、新しく担当医となった循環器内科の医師の説明がよく分かりません。その前に私は、心臓には大静脈と大動脈の二本の血管しかないと思っているので、「冠動脈ってなんだ？　そんなものがあるの？」と思っています。「そんな頭でよく生きてられるな」と思われる方もおいでかもしれませんが、わけの分からないものに出会って「なんだそれ？」と思っていると、その内――あるいはかなり時間がたってから、なんとなく分かったりもするもんだということを、中学生の時に理解してしまったので、当座分からなくても困りません。もちろん、「なんだそれ？」という引っかかり方をしなかったら、知らないまんまですが。

心臓に血を送るための三本の冠動脈があるなんてことを以前に聞いたことがあるのかないのかは分かりませんが、その内の二本が詰まっているそうです。でも「知らないことに対しては心配のしようがない」と思う私は、ただ「へー」と思って聞いているだけです。ただ、その無知を表に出してしまうと医者に怒られそうな気がして、表向きは「冷静に聞いている」にしています。そうすれば大丈夫だということも、中学時代にマスターした方法です。

心臓に血液を送る血管の三分の二がだめなんだから、私の状態はかなり深刻なはずなんですが、のんきで間抜けな人間にはどうもそれなりの根拠があるみたいで、「詰まっている二本の血管の内一本は、最近のもので、どうやら入院中に梗塞が出来たらしいが、もう一本の古くから詰まっている血管の方は、周囲の毛細血管が伸びてバイパスを作って血液を送っているから、そちらの方はまァ大丈夫」ということでした。勝手に炎症を起こして難病になっている私の毛細血管は、一方でバイパスを作って心臓の冠動脈を助けているという。「一体、俺の毛細血管はなにを考えてんだ？」と思いましたが、なんであれ私は心臓カテーテルの処置を受けなければなりません。

「体が安定するまで」で、しばらく放っておかれましたが、脚の付け根から細い管を入れられて心臓近くの血管の詰まったところをどうとかするというのは、やっぱりいやです。同じ病室に入って来た病気経験豊富で「手術なんか十何回もやった」という、いたって元気な「新入りの牢名主」みたいなおじさんに「心臓カテーテルなんかたいしたことないですよ」と言われましたが、やっぱり「なんか、や」です。

それでもやっぱりすぐに忘れる

二月が過ぎて、私は病棟を移されます。違う階にある循環器内科の病室には、知った顔の看護師さんが一人もいなく、患者も少なくて、移って二日もしたら患者は私一人になりました。外じゃ心細げに雪まで降って、「ホントに大丈夫なんだろうか？」という気もします（この辺りは、老いと直面させられた男のための情景描写です）。

いよいよその日になりましたが、なんだか知らない事情で順番が押して、私がカテーテルを突っ込まれるのは夕食時間が過ぎてからです。寝たまんまストレッチャーに載せられて、なんだかひんやりとする地下の処置室に運ばれて、麻酔をかけられて、やっぱり「なんか、や」です。それでも、横になってあらぬ方を見ている内に処置は終わって、病室へ戻されます。「うっかり動くと出血がひどくなるから」ということで、カテーテルを突っ込まれた右脚は副え木で固定され、結構長い時間そのままです。「もう動かしても大丈夫ですよ」と看護師が教えに来てくれたのは夜中の二時頃で、寝ていた私は、「誰がこんな時間に喜んで脚を動かすんだよ」と思ってまた眠ってしまいました。

私は聞き分けがいいので、「じっとしてろ」と言われればじっとしていますが、大変なのは副え木がはずされた後です。その前から私は「血液がサラサラになる薬」を飲まされていて、なんかの拍子にというか、なんにもしなくてもすぐに内出血を起こして青痣を作っています。点滴やら採血検査で針を突っ込まれたところは紫色です。毛細血管が炎症を起こすと、それに接する筋肉や末梢神経もダメージを受けるというので、その結果、足首から先がまるで「しびれ」という名の靴を履いたみたいにしびれていて、日によってはその足首から先がまるで「焙って食べたらうまい豚足」のように、パンパンに腫れてしまいます。そういう脚にカテーテルを突っ込んだから大変です。右の足首から先は「靴が入るのかよ?」と思うくらいパンパンになって、同じく右の太腿の内側はこわいくらいに紫色の痣が広範囲に広がっています。

人間というのはやっぱり見た目に反応するものなので、「ホントにいいの？」とその脚を見て思いますが、医学というのはえらいもので、それから三日もしたらもう退院です。四ヵ月近くも入院していたのに最後はいともあっさりで、しかも見た目は「これで大丈夫？」です。

退院する時、看護師がニトログリセリンを持って来てくれました。「苦しくなったらこれを舐めろ」の心臓病にお馴染みの薬です。「え⁈ 俺ってそんなやばい状態なの？」と思って、おそるおそる「これは念のためですか？」と聞きました。看護師は「念のためです」と言って、それから「悪玉コレステロールに気をつけて下さい」と言いました。「悪玉コレステロールってなにに入ってるんですか？」と聞くと、ピンポイントに「豚のベーコンです」と即答しました。「そんなに豚のベーコンばかり食ってるやつが日本にはいるんだろうか？」と思って、心臓病に関する不安はどこかに行ってしまいました。

その後、毎年一度は心臓の検査を受けていますが、結果はいつも「悪くはなってないですね」です。私の病気は狭心症で、冠動脈の一本は詰まりっ放しですが、その一方で私は「軽度の慢性腎不全」なので「またカテーテルを突っ込むと腎臓が危ない」と言われてそのまんまです。でも、「心筋梗塞の疑いがある」と言われた時から——またその以前から、心臓に関する格別な自覚症状もないので、「心臓病で死ぬ——もうそんな年だ」という不安は退院と同時になくなりました。ベーコンエッグも当たり前に食べています。人間は慣れる生き物で、抽象的な大問題よりも具体的な小問題の方を由々しがるものなので、もっと分かりやすく面倒な困難が現れて、ただ「問題がある」と言われている心臓のことなんて、どうでもよくなるのです。

体力がない

私が退院して最初に遭遇した困難は「歩くこと」ですね。入院中はやたら寝ていたし、移動も車椅子であることが多かったので、当然脚の筋肉は退化しています。だから病院内で歩くためのリハビリを一ヵ月ばかりやらされました。自分でも結構急な階段の上り下りを意識的にやってはいたのですが、人工空間であるビル内の病院の床は真っ平らです。しかし、いくら舗装してあっても、現実の地面が人工空間のように真っ平らになっているわけはありません。微妙な起伏や傾斜が当たり前のようにあります。普通の人間ならそんなこと気にもならないのですが、私の足はしびれています。「しびれている」というのがどういう感じかというと、足の裏が膨れて凸面状になっているようで、着地した時にバランスが取れないのです。だから、微妙な起伏の一々に全身で対応しなければならなくなって、「ただ歩く」というのが異様に疲れます。病院の建物から一歩出た瞬間にその大変さが分かりました。

私が退院したのは東日本大震災のちょうど一ヵ月前の二月十一日で、個人的には「もうそろそろ出ないとやばいな」という時期でもありました。その一ヵ月後になにが起こるかなんて知りませんが、父親はそろそろ死んじゃいそうで、確定申告の受け付けは始まって、私は入院前から手をつけずにいた伝票の整理というものをしなけりゃなりません。月刊誌の連載は病院の中でも続けていましたが、量的に多かった季刊雑誌の連載が二つあったのはお休みさせていただきました。一回はともかく、季刊雑誌で二度休むと九ヵ月も空いてしまうので「ちょっとやばいな」と思っていたその両方の締め切りが二月の二十日頃です。そういうのを退院して二週間くらいの間に全部やらなきゃいけません。

「病人なのになァ……」と思いながらもそれを全部やってしまえたのは、ほとんどビギナーズラックに近いようなものだと思うのですが、因果なことに私の仕事は座ったままやるので、足がしびれて歩行が困難でもあまり関係がありません。だから、片付けるものは片付けて、その先はぼんやりと歩行訓練です。ちょっとずつ歩きはするものの、免疫系の病気の性質上疲れやすくて、片付くものが片付くと、安堵感から気抜けして、ボーッとなって寝てばかりいます。気がつけば、体力があまりないのです。

「体力がない」というのも不思議な状態で、それは「なんかへんだが理由がよく分からない」という形で自覚します。それがはっきり「ああ、体力がないんだ」と分かったのは、東日本大震災の時です。「東京に六十年以上いてこんなにひどくて長い揺れは初めてだ」としっかり分かっていても、その揺れの中でボーッとしています。私の寝起きしている部屋は三階にあって、間仕切り代わりに置いてある本棚の本はバタバタと落ちるし、食器棚の扉が開いてなにかが落ちて壊れる音も「ガチャーン!」とはするのだけれど、別に慌てもせず、「本棚が倒れるかもしれないから押さえとこうかな」と思っても、「面倒臭いからいいや」でボーッとしています。

「すごいことが起きた」ということは理解をしていて、「じゃ、日本はこれからどうすればいいのか」もわりと簡単に分かったりはするのだけれど、でもそう思いながら、「今の自分はなんにも分かっていない」という気もする。考えようとして、なにか思考の焦点が届くべきところにまで届いていないような気がする。「なんかへんだ」と思って、その「へんさ」だけはなんとなく分かる。体力がないから、「すごい」ということは分かっても、その衝撃が自分に届かないように、無意識的な操作が行われている。

どうやら、体力がなくなると弱い自分にダメージを与えないように、体が不安を回避するよう機能してしまうらしい。よく「体力がなくなるとちょっとしたことで不安になる」みたいなことを言いますが、不安になるのは、まだそれだけの体力があるからじゃないかと思います。それで私は、入院すると同時にあることを始めていました。見舞い客がやって来て、「どうしたんですか？」みたいなことを言うと、「あのクソババァどもを叩き殺しときゃよかったんだよ！」と、いきなりわけの分からないことを言うのです。

言われた方は「なんだこの人は？」と驚くので、私は簡単に「マンションの管理組合の理事長になって、裁判抱えてたから大変だったの」とか、いきなり言われてもよく分からないような説明をするのですが、「あのクソババァどもを!!」発言は、人が来ると一ヵ月くらいやってました。

入院を言い渡された時、私は「原因は、過度のストレスとか極度の過労ですか？」と尋ねて、「原因は不明です」と医師に一蹴されているのですが、それを聞いたのは当然、訴訟の被告になったそのこと自体を理不尽とするマンション内の反対派住人のことが頭にあったからです。何人かの女が、「当人としては一貫してると思っているわけの分からない反対理由を次から次へと述べ立てる」というのが、一年間にわたって感じた私の最大のストレスで、おかげで、反対派が待ち構えている裁判所に出掛けようとしたその時に、嘔吐に襲われたりもしました。「裁判問題も解決したからもういいか」と思って忘れようとしたところに持ち上がった「難病」ですから、「あのババァ達のせいだ！」は再燃します。「入院してただ寝てるにしろ、未消化のストレスをそのままにしてると体に悪い」と思ったので、人が来ると「あのクソババァを殺しとかなかったのが残念だ」とか、思いっきり物騒なことを口にします。「おぼしきこといはぬは腹ふくるるわざなれば」と兼好法師も言ってますから、私はその毒出しに一ヵ月かけて、後はおとなしくしてました。

私には「声に出してひとりごとを言う」という習慣はなかったのですが、「声に出さなきゃ体に溜まった毒は出せない」と思って声に出してしまった結果、退院して自分の部屋でテレビを見ていても、テレビに向かって声を出すようになってしまいました。入院中は気に障らないようなテレビ番組しか見ていなかったんですが、自分の気に入らない人間がヴァラエティ番組に出て来るのを見ると、「お前なんか出て来んな！」とテレビに向かって叫んでしまうのです。

一方では、「やばい、もうアブナいジーさんだ」と思いはするのですが、止められません。どうしてかと言うと、黙ったままでいると「いやなもの」が体に溜まって害をなすような気がするからです。そういう状態が人知れず長く続いて、「俺はなんでこんなイライラジーさんになったかな?」と思ったんですが、声を出して毒を吐いている――文字通り毒づいている時の自分には、体力がないのです。

体力がないから毒づいている――そういうジジイもいるんだろうな、とは思います。「体の中に毒が溜まらないように」でやたらと唾を吐いている中国人と同じです。

やっぱりまた年寄りになる

足はしびれたまんまです。足の腫れは引きましたが、体力はないまんまです。それでも月に一回、点滴のために一泊入院をして、歩くことだけはちょっとずつでも続けていました。退院から三ヵ月もしたら、どうやら前と同じように歩けるようになって「よかった」と思っていたのですが、それも束の間、一週間ばかりしたら、右脚の付け根の外側がなんかへんなんです。月一入院の時に「ここなんかへんなんですけど」と言ったら、

「今のあんたになにが起こっても不思議はない」と言われてレントゲン写真を撮られ、「レントゲンではなんともないから、後はＭＲＩだけど、今日は予約が取れない」というのでそのまま退院しましたが、「へんだ」と思ったところがだんだんひどくなって来て、近くにあった整形外科のクリニックに行きました。ちょっと前までは整形外科と美容整形を混同していて、「なんでこんなに整形外科の看板を出してるところが多いんだ？」と思ってましたが、整形外科というのは体の故障が多い年寄りにとって、コンビニ並みの身近なもんだったんですね。

その近場のクリニックに行って、「ウチの知ってる病院にＭＲＩの設備があるから、行って撮って来て下さい」と言われて歩いて行って、帰って来る途中、脚の痛みが本格化しちゃいました。診断結果は「脊柱管狭窄症《せきちゅうかんきょうさくしょう》」です。背骨の中を通っている神経が圧迫されて痛みが出るというやつで、「まだ椎間板ヘルニアにはなってませんね」というところでした。名前は難しくて恐ろしそうですが、そのクリニックの待合室には「腰部脊柱管狭窄をごぞんじですか？」というポスターが貼ってありました。「ご存じだよ。それになったんだから」と思って見ると、杖を突いたジーさんが前屈みになって歩いているほのぼのとしたイラストが描いてあります。つまり「背中に負担をかけないように杖を突き、前屈みで歩きましょう」ということで、そうは言っておりませんが、絵に示すがごとく「これは老人の病気ですよ」です。

ご大層な名のわりにありふれていて、MRIなる医療機器が登場することによって多く発見されることになった病気なので、「脊柱管狭窄」と言っても、人は別に驚きません。医者は「まだ若いから手術は必要ないでしょう」と言いましたが、「俺はもう若くないし」と思い、「痛み止め飲んで牽引とかで体を引っ張っときゃその内なんとかなるもんなの？」とも思いましたが、ともかく痛い。ありふれて当たり前なものほど、病気というのは苦しいんですね。

「どんな痛さなんですか？」と聞く人がいたから、「大腿骨の先が折れてギザギザになったのが、虫歯みたいになった股関節にグサッと突き刺さるみたいな痛さ」と言ったら、「そりゃ痛い」と言われました。一応「作家」の私は、その程度の表現能力ならあります。

おまけに、点滴入院で戻った病院では「痛み止めって、なにもらったの？」と言うので答えると、「その薬は腎臓に悪いからだめだ」と言われました。腎臓の中は毛細血管の固まりで、私の腎臓はダメージを受けたまま回復していない「軽度慢性腎不全」なので「だめ」で、以後の私は「痛み止めなし」です。「今日で点滴入院は最後だから」と言われて病院を出た時は、もう杖なしでは歩けず、杖があっても歩けないような状態で、顔見知りの看護師さんは「車椅子出しましょうか」と言ったんですが、へんなところで我慢強い私は「いいです」と断って、「痛ェ」と呻きながら病院を後にしました。

すぐに私は歩行困難になり、訪問診療をしてくれる鍼灸師がいたおかげでなんとか歩けるようになりましたが、その後半年間は杖を突いたままです。病院でさんざっぱら「お前はもう年寄りだ」の予行演習をしていたにもかかわらず、杖を突いて背中が曲がり腹もガクンと落ちたまま歩いている自分の姿が町のガラス窓に映るのを見て、ちょっとこわくなりました。完全なジーさんで、さすがに「まだちょっと早過ぎるだろう」と思いました。

第十章　病人よりも老人がいい

「治ろう」という気があまりない

どう考えても私は「病人」です。退院から何年もたった今でも、医者から処方された薬を毎日二十錠以上服用しています。脚の踝《くるぶし》から先はしびれっ放しだし、脊柱管狭窄症の激しい痛みは収まったけれど、まだ右脚のつけ根は時々疼きます。脚の上端と下端が問題で、しびれは時として膝の辺りにまで上がって来て、脚の筋肉と末梢神経に受けたダメージもまだ残っている上に、血液中の赤血球の量があってしかるべき量の五〇％から六〇％しかないという慢性貧血状態で、ちょっと歩くとすぐに脚が重くなって「ハァ、ハァ」と息が上がってしまい、月に一度の通院では造血ホルモンの注射をされていました。結構毎日がしんどいのですが、それでも「病人だ」という意識がありません。そう思うよりも、「もう年なんだ」と思っています。そう思う方が楽だからです。「病気」ということになると、「治らなくちゃいけない」と思います。ませんよくはなりません。「全治はない」と言われたって、快方に向かう努力くらいはしなくちゃいけないでしょう。でなくちゃ、よくはなりません。病気には「よくなる」という方向があるけれど、老いにそれはありません。ゆるゆると「老い」の一方向を下って行くだけで、それはつまり「自然の成り行きにまかせる」ということです。だから、「病気でいろんなことが不自由になった」と考えるより、「年を取ったからいろいろ不自由がある」と考える方が楽です——少なくとも私にとっては。

入院してしばらくして、「これから決め手となる薬の点滴治療を開始します」と、担当医に言われました。その治療が続けられ、しばらくして、「これやると劇的によくなるんだけど、あまりよくならないね」とまた医師に言われました。私は「ああ、そうですか」としか言いませんでしたが、内心その理由がなんとなく分かりました。「俺はあんまり治りたいと思ってないんだな」です。自分のことですから、それくらいは分かります。

なにしろ、疲れてクタクタになった末の入院ですから、「さっさと元気になって、またバリバリ働きたい」などという気はありません。「ずーっと入院して寝てれば楽だ」と思っている人間が、どうして「さっさと治ろう、劇的に回復しよう」なんて思うでしょう。「そんなになったら損だ」くらいにしか思いません。私の病気は「何年か前までは治療法が見つからなくて死んじゃう病気だった」と、友人達がネットで調べて教えてくれましたが、頭の焦点が合わなくてボーッとしているだけの人間にとっては、「だからなに？」です。病気で入院しているくせに、当人は「もう年だからボーッと寝てもいい」としか思っていません。

私の病状は、退院後もずっと「低空飛行状態」なんだそうですが、担当医にそれを言われるたびに「自分にはあんまり治ろうという気がないんだな」と思っています。悲観的になってそう思うのではなくて、「自分がしんどいのは病気ではなくて、年のせい、老いのせいだ」と思っているからです。

「老い」を選択する

「もう年だから」ということになると、どうしても悲観的なニュアンスが漂って、人としてはあまり受け入れたくないことのような気がしますが、私にはあまり悲観的な感じがしません。体はフラフラのヨボヨボで疲れやすく、すぐにダウンしちゃうけれど、既に六十を過ぎていたので、「もう年だ」と思った方が心理的に楽だったのです。

「治そう！」と思ったって、そう簡単に治る病気ではありませんし、もう若くもない体で「どこまで行ったら〝治った〟ということになるのか」という、その見極めもつきません。そんな中で勝手に「治るんだ！　治そう！」と思ったって、うまく行かずにイライラするのは目に見えています。「借金を返すために働かなくちゃいけない」は分かっていて、でも「治ろう！」と思ったって、もうそんな体力はないんですから、若い時みたいにさっさとよくはならないなということは分かっています。つまり、「流れに逆らったってロクなことはない」です。

入院以来、私は「気に障ること」や「イライラすること」を極力排除するようにしています。理由は「そんなものと接触したら体に悪いから」です。だから、「病気から脱出しよう」と考えることも、体に悪いのです。そういう状態を「病気と付き合って生きる」とか言うのかもしれませんが、私はいやです。付き合うのだったら、自分の付き合いたい相手を自分で選びます。病気なんかとは付き合いたくないし、「自分の老いとなら付き合う」というのもへんなので、成り行き上「もう年だから」を選択して受け入れています。

私自身はそれでいいのですが、めんどくさいのは「世間の口」です。私は二〇一三年に六十五歳の「前期高齢者」になったばかりの人間で、世の中には七十代、八十代、更にはもっと上の人がいます。そういう人達は時として、「まだ六十代のくせに〝もう年だ〟なんてえらそうなことを言うな」と言ったりします。

「老い」というのは、その人の人生の結果が現れる最終段階なので、人の生き方がそれぞれ違うように、「老い」の現れ方だってそれぞれに違います。脊柱管狭窄で、前屈みになって杖を突きヨタヨタと歩いてる自分の姿を町のガラス窓に見て愕然としたのは六十三の年だったので、さすがに「まだヨボヨボのジジーになるのは早過ぎる」と思いました。だから、「背筋を伸ばせばなんとかなる」とは思いましたが、腰を曲げて杖を突かなきゃ歩けない身として、それは出来ません。その時ばかりは「病気だから仕方がない」と思いましたが、「じゃ、自分はいくつになったらヨボヨボが似合うのか?」を考えたら分かりません。思うのは、「年を取って病気になってるというのは、こういうことだな」だけです。

「年を取る」というのは、「毎月〝老い〟の積立貯金をする」というようなもので、ある時満期になって「老い」がガガーッと下りて来るもんじゃなかろうかと思います。私なんかは結構長い間「若い」をやっていたので、その間の「老い」の積立分が多かったんじゃないかと思って、「人よりかなり早目に年を取ってしまうのが、自分にとっての老いだな」と思ったりします。別にあきらめているわけではなくて、「そういうもんだ」と思うだけです。

「自分の老い」に対して、人は誰でもアマチュアだ

とまァ、ここまではかなり割り切った「老い」の受け入れ方ですが、でも「老い」というのはそれほど観念的ではありません。「老いを選択する」と言ったって、それは観念的な作業で、「老い」の訪れ方が人によって違う以上、「自分の老い」に訪れられる人は、すべて「老いに関するアマチュア」です。「自分の老い」は「自分の老い」で、「他人の老い」とは違うのです。

十年ほど前、友人に母親の話を聞きました。もう九十になろうという友人の母親が、我が子に「驚くのは、この年になっても、まだ〝老いとはこういうことか〟という発見があるのよ」と言ったというのです。

それを聞いて私も驚きました。九十になろうというお母さんの中に「自分の老い」を見つめる知力があるという、その若さにです。そして、老いというのは「年を取った」と言って完結するものではなくて、死という最終のエンドマークに向かって年を取り続けて行くものだということを知って、「そう言われてみればそうだ」と驚き、もう一つ、「老いというものは各人オリジナルだからこそ、自分の老いのあり方を発見し続けられるのか」と驚きました。老いながら「自分の老い」を発見し続けるのですから、誰もが「自分の老い」の前ではアマチュアなのです。つまり、分かったようなことを言っても、自分の老いの形はそんなによく分からないということです。

　私はただなんとなく、「病人と思うより老人と思った方が生きやすいな」と思っていただけなのですが、退院から二年がたち三年がたって、どうやらそれが正解だったらしいと気がつきました。「老人だと思ってれば、治ろうとしてイライラしないだろう」と思っていたのが正解だったというのは、完治のない病気でも「もう若くはない」と思う年齢でも、やっぱりよくなって来たりはするのです。「もう年なんだからこのまんま年寄りだ」と思っていた私は、「年寄りにも年寄りなりの回復力がある」ということがイメージ出来なかったのです。

誰もが「自分の老い」に対してアマチュアだというのは、老いを迎えた人の頭の中に「若い時の経験」しかないからです。「以前はこうだったから」と思っていても、体の方はもう「以前」とは違っているので、自分自身の経験値のモノサシが役に立ちません。「あれ？　へんだ――」と思って、自分のそのモノサシを作り直すのが「老いの発見」なんだと思います。

「体調を崩したら寝ている」というのが、それ以前の私の対処法でした。「そうすりゃ治る」と思っていて、実際そうだったので、病院の行き方も知らないくらいの医者知らずだったのですが、六十を過ぎて「完治はない」と言われる病気になった途端、「もう年だから治らないんだ、このまま老人なんだ」と思ってしまったんですね。「そう考えた方が楽だ」と思ってのことではありますが、そう思い込んだ私は「自分の老い」に関してアマチュアだったので、「年を取っても年を取ったなりの回復力がある」ということに気がつきませんでした。「年を取るということは、ずーっと年を取り続けるということで、そのマイナス状態の中で回復力というものがどれほどの意味を持つのか？」というようなことを考えるのが面倒だったらしいです。

でも、年を取っても年を取ったなりの回復力はあるわけで、それは以前のものに比べればずっと遅くて悠長なものだったりします。これで私はせっかちな人間なので、人から「気長に落ち着いて病気と向かい合いましょう」なんてことを言われたら、「いやだよ！」と言ってイライラしていたのに間違いはないのです。「イライラするのは大敵だからやだな」と思って、「老い」というあきらめを引き受けていたら、その間に「悠長なもの」がゆっくりと動き出していたということらしいです。

出来ることを少しずつやるのがリハビリ

私は相変わらず病人で、どう病人かというのはこの章の初めに言った通りです。月一で病院に行って診察を受けますが、「どうですか？」と問われて答えることは、「相変わらずです」だけです。病院では採血検査も受けますが、三年がたった頃に、その結果を見た担当医が「今日はいいね」と言いました。それで私は「よくなったんですか？」と尋ねたら、即座に「それはない」と言われました。チャン、チャン、です。

「今日はたまたま調子がよかっただけ」と言われましたが、私が珍しく「よくなったんですか？」などと前向きのことを言ったのは、残念ながら、自分自身が以前に比べてマシになっていると思っていたからです。

歩くのがしんどいのは相変わらずで、疲れやすいのもそう変わってはいませんが、一つだけマシになったのは頭の状態です。

入院してからたっぷり一年は、頭がぼんやりして靄がかかったような状態というか、電源を入れても映らないアナログテレビが「ザーッ」と言い続けているような状態だったのですが、それが少しずつ収まって来ました。

一番ひどかったのは、退院して八ヵ月くらいの頃で、たかだか原稿用紙五枚の原稿を書いただけで、たっぷり一週間ダウンをしていました。私は「体力がないから脳が働かない」とは思わず、ただ「バカになったか――」と思いました。「バカでもいいじゃない」と言う自分もいますが、「働かないと自己破産だよ」ということを知っている自分もいます。現実復帰をしなきゃいけないのですが、半分鬱状態になって、それをいやがる自分もいます。「老人でいいじゃん」と思って現実逃避をしたがっている自分もいますが、もう一人、現実逃避して退行しちゃった自分もいます。

入院時の話に何度も戻って恐縮ですが、入院してベッドに横たわった私は、まず「腎臓がダメージを受けてる」と言われました。腎臓が病気になると、食事は塩分抜き蛋白質抜きのなんの味もしないお粥だけになります。「それがどんなものか一遍食べてみりゃいい」などと言いたくなりますが、実は私はそれに慣れていたのです。小学校二年の時に腎炎になって、一ヵ月絶対安静の寝たっきりで、食べるものは味のないお粥だけという生活をしていました。だから「体の記憶」というのは恐ろしいもので、入院して味のないお粥を口にした途端、私の頭は小学校二年生だった昭和三十年に飛んでしまいました。「干支が一巡する還暦は、そこで子供に戻る」なんてことを言ったりしますが、まさかそんな風に子供に戻っちまうとは思いませんでした。

私が入院した秋は、中国漁船が尖閣諸島にやって来て、海上保安庁の船に体当たりして船長が逮捕されて、日中関係が騒がしくなった時期で、ガタの来ていた民主党政権が本当にガタガタになって翌年春の東日本大震災を迎えることになる、その始まりの時期でした。こっちの朦朧とした頭でなにがどうなってるかなんかは分かりません。そこでお粥を食ったらもう一気に昭和三十年になって、その現実逃避状態から出て来ません。退院してしばらくは「だってやなんだもん」の小学生状態で、そこに「出て来なきゃだめだよ」という理性もようやく生まれます。でも、理由をつけて我がままを言う奴の前で、理性はあまり役に立ちません。「出来ない理由」を並べ立てて、「もうだめかもしれない」と思っている方が、しんどい精神状態のくせに、「立ち上がろう」と思うよりは楽なのです。

それで脊柱管狭窄の出た私は、自室のベッドで横になったまま、「もうだめかもしんない。もう分かんないし。ロクに歩けないし。パソコン持たない俺の情報収集はただそこら辺を歩き回って現実を感じるだけだったのに、それが出来なきゃ、もう俺は終わりだ」と、何日もグズグズ言ってます。でも、グズグズ言ってる内になんかに気がつく私なので、同じようなグズグズを繰り返して、やっと出口を見つけます。

行くとこまで行くと事態が引っ繰り返っちゃうというのが私の常だったりもするので、その時も引っ繰り返りました──というか、引っ繰り返しました。「世の中どうなってるか分かんないし」をしつこく繰り返す内に、「世の中がどうなってこの先どうなるのか分かんないのは、俺一人じゃないな」と気がつきました。東日本大震災の後です。「体が動かない、疲れてしんどい」とか言っても、それを言う頭だけはまだ健在なので、「だったら〝なにが分かんないか〟を書けばいいんじゃないか。それなら書ける──」と思いました。

その頃には、体力と気力と知力はワンセットで、「体力がなけりゃ気力も湧かない、知力も出ない」は分かっていましたが、それのまとめは「体力がないんだからしょうがないじゃないか」です。でも、体力と気力と知力が正三角形状態で等分に存在しているんだとすると、「体力以外のものを起動させて、その力で体力を呼び起こすという方法もあるな」と思いました。「気力を出せ」と言っても、なんの根拠もないところで気力なんかは生まれません。となると私の場合、知力を出して立ち上がるしかないのです。「〝なんにも分かんない〟なんて言ってないで、なにが分からないかを書け、出来る範囲内のことをするんだ」というところで、私のリハビリは始まります。

もちろん「少しずつでも歩く」という種類のリハビリは退院してからずっと心がけていますが、「これが自分にふさわしいリハビリかな?」という気もないわけではありません。「しんどいけど、ちょっとずつでもやらなきゃだめだよ」のリハビリは、私の場合、ちょっとずつでも原稿を書くことでした。それまでは感じなかったのですが、原稿を書くという行為はとんでもなく体力を必要とします。どこでどのように体力を消費しているのか分かりませんが、ともかく疲れます。それで「原稿書くって疲れるんですよ」と編集者に言ったら、「そんなこと今頃気がついたんですか?」とあきれられました。私の頭の中はあまりインテリではないので、疲労は量でしか分かりません。「一週間で原稿百枚書いたから疲れた」はありましたが、原稿をただ書くだけで疲れるとは思いもしませんでした。

でも、原稿を書くと疲れるので、私にとって原稿を書くという行為は十分にリハビリでした。だから、「やだな、原稿書くなんてめんどくさい」とずーっと思いながら、仕事を続けました。

長い物を書くというのは、集中力を持続させる行為なので、ちっとやそっとじゃ出来ません。書き始めると勢いが生まれて、その勢いに巻き込まれてついついオーバーワークになってしまうということは分かっていたので、「やりすぎないように」と思って、「今は長篇小説を書く体力はない」と言っていたのが、退院して三年になろうとする頃、「そろそろやってみようか」と思いました。書き始めて、書くスピードは遅いし、三日も続ければ二日はダウンしているという状態になって、それでもヘトヘトになりながら四ヵ月かかって長篇小説を一作書き上げました。書き終わって、「四ヵ月もヘトヘト状態が続いてたんだから、疲れて一ヵ月くらいはぶっ倒れてるかもしれないな」と思いましたが、それほどのことはありませんでした。

「年寄りだから、疲れは後になって出るかな」と思って警戒をしていましたが、一ヵ月たっても二ヵ月たっても、ぶっ倒れるようなことはありませんでした。気がついたら、頭の中にかかっていた靄もなんとなく晴れて、「ホントに大丈夫なのかな？」と思っている内に、「これはどう考えたって、病人がこなす仕事量じゃないぞ」というくらいの仕事をこなしていたりしました。

だから病院へ行って「今日はいいね」と言われた時に、「よくなったんですか？」なんてことを言ってしまったのです。ホントはこういうことを書くのはいやなんですけどね。私はまだ「病人」で、私の中には「さぼっていたい」と思う小学生も健在なので、編集者に「元気らしいから働かせよう」と思われたくないんです。

というわけで、私は別に「元気」じゃありません。「よくなったんですか？」と言えば医者から即座に「それはない」と言われてしまう「病人」です。どんな「病人」かと言うと、初めに書いたような「息を切らしながらヨタヨタ歩くジーさん」のような病人です。少し頭が働くようになったからと言って、「老人」から脱したわけではありません。「老い」は、なだらかにどこまでも続く下り階段のようなもので、体はガタガタになり、脳味噌の方も少しはゆるくなるけれども、口だけは達者な老人というのが、今の私です。

困ったことに老人の頭は若い

年寄りの頭は、機能が少し低下したって、若いままです。どうしてかと言えば「年を取ってからの経験値」というものを、脳味噌があまり受け入れてくれないからです。

どう転んだって私が年寄りだっていうのは、退院してすぐスーパーへ買い物に行った時に分かりました。レジで金を払う時に、不思議にモタモタしている自分に気がついたのです。「どうしたことだ?」と思うと、指先にしびれがあります。「末梢神経がダメージを受けている」と言われて足のしびれを感じ始めたのは入院中からですが、それが指先にも来ました。「おお、ここも末梢神経の管轄か」と思い、その後はずっと、小銭を出す時にはあらかじめ小銭入れの中を確認して、「いざとなってもうろたえないように」と思ってレジの列に並んでいます。立派に老人でしょ?

きっと老人は、こんな風に自分の「老い」を自慢したりもするんです。他の人はともかく、私はします。どうしてかと言うと、頭の中が若いままだから。それで「俺なんかこんなに若いのにもう老人だぜ。すごいだろ」と自慢する構造になってしまうのです。

第十一章　「老い」に馴れる

「まだ若い」の先にあるもの

今更言うのもなんですが、やっぱり「年を取る」ということは、人間にとって矛盾したことなんですね。自然の摂理で、体の方は年を取って行くけど、脳味噌の方はそれがよく分からない。「下り坂の思考」に慣れていないから、「老い」が受け入れられない。矛盾しているのは「老い」の方ではなくて人間の自意識の方ですが、そこのところを反省しても「老い」が順当に認められるわけでもない。だから「老いとは人にとって矛盾したものである」と言ってしまった方が話は早い——「そういうもんだからグダグダ言うな」です。

「老い」というものは、そうやって認めるしかないようなものではあるけれど、「自分はもう年だ」と思って「老い」を認めたとしても、それで老人になれるわけではない――そうである理由というのがやっぱりあると思います。

普通、人間は「少年→青年→中年→老年」という風に年を取って行くと考えられています。女の場合だと、「少女→若い女→中年女→婆あるいは老女」です。女の変化の方がなんだかすごく感じられるから、まずアンチエイジングの波は女の方からやって来るのでしょうが、しかしこの男女に共通する四段階の変化は、ただの外形的な変化で、人の実感はまた別だと思います。男女の別なく人は、実感として「若い→まだ若い→もうそんなに若くない→もう若くない→老人だ」という五段階変化をするんじゃないでしょうか。

いくつくらいで「まだ若い」の段階になり、その先いくつくらいで「もうそんなに若くない」になるかは当人の自己申告制なので、十代後半で「まだ若い」と思い、二十歳を過ぎたら「もうそんなに若くない」と思っちゃう人間もいれば、六十を過ぎても七十を過ぎても「まだ若い」と思って、八十とか九十になってやっと「もうそんなに若くない」になっちゃう人だっていると思います。どこら辺で「若い」の上に「まだ」とか「もう」が付くかは当人次第ですが、つまるところこれは、「老い」に辿り着くまでの

「若さ」の変化ですね。だからここには、「若い」とは無縁になってしまった「中年」という区切りがありません。

人が「老人」と言われるのをいやがるのと同じくらい「中年」と言われるのをいやがるのは、そうなると「若さ」とは無関係の生き物になってしまうからではないのかと思って、それで私は、人というものは「若い」の後にいきなり「若くない」を持って来ずに、「まだ若い」という留保期間を置き、更に「もうそんなに若くない」があって、やっと「もう」付きの「若くない」を置くのではないかと思うのです。

「人とはそのように往生際の悪いものである」というのではなくて、若い段階で人格形成が起こってしまうから、事の必然として「自分＝若い」という考えが自分の中心に埋め込まれてしまうのだと思います。

人間はその初めに「若い自分」という人格を作り上げて、その後は預金を少しずつ切り崩すように、自分から「若さ」を手放して行く――あるいは「若い」が少しずつ消えて行く。そういうものだから、人間は自分の人生時間の進み具合を「若さの残量」で計るようになる。「老い」を認めたくないから「まだ若い」と言い張るのではなくて、「若い」という基準しか自分を計るものがないから、ついつい「まだ若い」になってしまうのでしょう。

「まだ若い」は老人の抱える普遍的な矛盾で、「まだ若い」と思っていた人間が自分の体の老化を認めた時に「若くない」の方向に進んで行って、癪ではあるけれど「老人」になってしまうのでしょう。

でも、ここまでは昔のあり方で、「老人になる」は人生のゴールでもあったから、昔は「老人」になったら終わりです。双六の「上がり」みたいなものですが、超高齢化の日本ではそうなりません。「自分は老人だ」と認めてから、結構長い「老人のままの人生」が始まります。「老い」というのは、生きて行くのに従って深化して行くものです。「自分は老人だ」と思って、それからますます「老人」を深めて行くわけですから、「自分は老人だ」はゴールになりません。

「自分はもう若くない」と思ってその先の人生が始まるのですが、これが結構めんどくさいものです。というのは、それまでは基本材料の「若さ」を少しずつ切り崩してやって来たのに、その「若さ」を使い切ってしまったからこそ受け入れた「老い」です。今まで通りにはいかない。

これで、若い時から老けて見られるような人間だと、初めから「そんなに若くない」

になっているから、「時間と共に老け込む」ではなくて、「時間と共に自分が自分に馴染んで来る」になるからいいけども、「若い」の期間がへんに長持ちしちゃうと大変です。「若さ」の預金が少なくなっていることにすぐ気がつけない。そういう事態に対する備えがない。高度成長を達成しちゃった後の日本は、人の基本単位を「若い」に変えちゃったから、この先は自分の「若さ」を捨てられなくて、「老人だ」を認められない人が激増するような気もします。

「老人というのはどうやって生きるものか?」を考えながら手探りで進むしかなくて、誰もが「自分の老い」に関してはアマチュアだというのは、そういうことなんだろうと思います。

時間のギアを切り換える

年寄りになったからと言って、すぐにいろんな変化に気がつくわけではありません。大体、年寄りはすぐに気がつかないものです。なぜかは知らないけれど、年寄りはボーッとしているものです。ボーッとしているから「惚けたか?」と思いはしても、ボーッとしたまま頭脳は明晰だったりします。私はそっちの方の専門家ではないので理由は分かりませんが、年寄りになるとボーッとしてしまうのは確かだと思います。

よく言われることですが、年寄りになると一日の時間の進み方が早くなります。そうなるのは、年を取ってボーッとしている時間が長くなるからでしょう。ただボーッとして時を過ごしているだけの老人を見て「退屈しないのかな?」と思うのは、年を取っていない人間だけで、当の老人は違う時間軸で生きているので、退屈するどころか、ボーッとしているのを中断してなにかをしなくちゃいけないことが、面倒臭くて億劫《おっくう》なのです。私は年寄りなので、気がつくと「ああ、めんどくせェ」とばかり言っています。原稿書くのもめんどくさいし、茶碗一つ洗いに行くのもめんどくさくて、開けっ放しになってる窓を立って閉めに行くのも面倒臭くて、トイレへ行くのも面倒臭い。ついには「ああ、めんどくせェ」という掛け声を抜きにしてはなんにも出来なくなっています。

条件反射が磨滅して劣化しているから、体が素早く動かなくて、だからこそ「体を動かしてなにかをする」には、「ああ、めんどくせェ」の掛け声が必要なのです。年寄りがよく使う「どっこいしょ」の声の中には、「ああ、めんどくさい」のニュアンスがかなり含まれているものと思います。

動体視力が落ちるなんていうのは当たり前で、スピード感のある映画を見ていても、要所要所でなにが起こっているのか分からなくなります。映画館に行ってでかいスクリーンで見ると、画面の全部がフォロー出来ないので、ＤＶＤで見直して何度もプレイバックしています。それで困りもせず、「そういうもんだ」と思っているのですが、それでも時々ヘマをします。

指先にしびれがあるから小銭を出して渡す時にもたつくということをスーパーのレジ前で気づいて、「そういうもんだから焦らずに行こう」と考え方を改めたことは前章で言いました。

役者に長い科白を言わせると、途中で引っかかって調子を乱すことがあります。誰にでも「言いにくい言葉」というのがあって、そこにぶつかるといつでもギクシャクしたりします。そういう時は、その言葉の前でほんの少し息つぎの間を持てばいいのです。そうすれば、ずっと続いて来たスピードに巻き込まれて舌の動きが顚覆《てんぷく》なんかしなくなります。だからそれとおんなじで、支払いの前に自分の持っている小銭がどれくらいかを確認して、支払いに備えるようにすれば、焦らずにすみます。

なんだか大袈裟ですが、条件反射が磨滅した以上、すべてにわたって脳味噌が出て行って直接に指示をしなければなりません。その点で脳化人間の年寄りは意識的にならざるをえなくなるのですから、「しないですむんだったらボーッとしていたい」という状態にはなるんじゃないかと思います。

年寄りは意図的にならなければならない。一々脳の指示を仰がなければヘマを仕出来《しでか》しがちになる。だから動きがノタノタと遅くなる。それは分かっているのだけれど、その人間の脳味噌というのがまた勝手なものだから、「こっちはこれだけ譲歩してゆっくりしてやってんだからもういいだろう」と思って、自分の身体条件を無視してせっかちになる。だから、「これで大丈夫」と思っていても、ちっとも大丈夫じゃない。

小銭を渡す用意を整えていても、五十円玉と百円玉、あるいは十円玉を間違えて渡して、それに気がついた店員から無言のストップモーションをかけられて、「え？ なんだろう？」と思って自分の間違いに気づく。パッと見ただけで貨幣の種別なんか分かると思っているからそういうことになるので、条件反射がすり切れて動体視力が落ちている人間は、昔はそんな間違え方なんかしなかったものを、平気でうっかり間違える。「チラッと見て識別する」ということが出来にくくなっているんですね。

何年か前にＡＫＢ48が出て来た時、年寄りのご多分にもれず、誰が誰やら分からなかった——というよりも、一時にそんなに出て来てしまった大量の名前なんか、覚える前に受け入れられない。そこのところをとらえて気の利いた年寄りは、「今の若い女には個性がないから、誰が誰だか分からない」なんてことを言いますが、分からないのは若い娘のせいではなくて、年寄りの視力のせいです。そんなものを一斉に見せられたって分からない。焦点を合わせること自体が大変で、どこに焦点を合わせていいのか分からない。私なんか「AKB48はみんな同じ顔じゃない」ということが分かるのに一年かかって、顔と名前が一致するものが出て来るまでに三年かかった。そんくらいかかると、やっと覚えたメンバーが卒業しちゃうので、なんだか損をした気分にもなりますが、そういうもんだからしょうがないですね。

年を取ったら一々の判断を脳味噌に仰ぐから、どうしてもゆっくりせざるをえなくなる。そういうことを分かりはしても、まさか自分がうっかりして十円玉と百円玉を間違えることをしばしば起こすとは思わない。そういうことが起こって、「スローダウンしなきゃいけない領域をそこまで広げなきゃいけないのか」と思う。そうなるともう、「行くところまで行ったら引っくり返っちゃう人間」の私は、毎日が発見の連続でおかしくてしょうがなかったりもするわけです。

バスに乗れば「年寄り」が分かる

私が改めて「ああ、年なんだ」と思うようになったのは、路線バスに乗らなくちゃいけなくなった時ですね。

脚が痛くて歩くのが困難になった時、いつも行く電車の駅まで歩いて行けなくなった。しょうがなしにタクシーに乗っていたけれど、そんなことばかりやっていたら財政破綻に陥ってしまう。私は「電話でタクシーを呼ぶ」ということが出来ない貧乏人根性の持ち主なので、車が通っている道路まで出てタクシーを拾う。そのつもりで道路に出て、見るとバスの停留所がある。その路線図を見ると、私の事務所の近くのどこいら辺かは分からないけれど、使えそうな停留所がある。「この路線バスに乗ればタクシーよりは安いな」ということが分かるけれども、だからと言って「よし、乗ろう」という決断がすぐには出来ない。降りる先の停留所がどこら辺にあって、そこからまたどれくらい歩けばいいのかが分からないから、足が悪かった私としては「どうしよう?」にもなるけれど、「バスには乗りたくないな」というものには、根の深いものがある。

私の生まれ育ったところは電車の駅に近くて、電車に乗れば渋谷にも新宿にも簡単に行けたから、バスに乗る必要がない。にもかかわらず、大人の女達はどういうわけかバスに乗る。今のバスはそうではないが、昔のバスには特有の臭いがあった。床は板でワックスの臭いが強いし、オイルの臭いやら排気ガスの臭いもする。遠足でバスに乗せられると、私は必ず酔ってひどい時には吐いていたから、あんまり乗りたくない。乗り物酔いも中学生になったらしなくなったし、東京では乗らなくても、地方に行って交通機関がバスしかなかったら平気で乗っている。でも、根っこには「バスは貧乏臭くてやだ」という偏見が残っている。「なんでそんなことを考えるんだろう？」と思って、しょうことなしに乗ることになった路線バスの停留所に立って待っている内に気がついた。道端に立ってバスを待っているそのことが、私はいやなのだ。

電車に乗るならプラットホームで待つ。でも、バスに乗るのは人の通る道端に立っていなければならない。頭の中だけはまだ若い私は、道端に立ってアホ面をさらしてバスを待っているのが、貧乏たらしくていやなのだ。田舎道のバスの停留所にスーツケースを持ったマリリン・モンローが立っているのは、映画の中だけだ。「だったらいっそ歩いちゃった方がいい」で歩いてしまう――以前はそうだったが、哀しいことにそれが出来ない身になった。アホ面さらして立って待つしかないのだ。

そしてバスがやって来る。通勤の時間帯でもないので、年寄りばっかりだ。停留所で待っていたのも年寄りだ。七十歳を過ぎると東京都発行のシルバーパスが買えて、都内の路線バスは乗り放題になる。バスの乗客はバーさん4にジーさん1くらいの比率で年寄りばっかりだ。バーさんはバスに乗って買い物に行くし、日常的な用事がジーさん連中より多いから、よりバスに乗る。停留所二つか三つの歩いて行けそうな距離でも負担だから、バスに乗る。

私はこれまで事態が面倒になるのを恐れて「女性の年寄り」に関することは避けて来たけれども、昼間の路線バスの中はバーさんばっかりだ。ある寒い冬の日、バスに乗ったら枯れ葉のような不思議な臭いがした。見たらバスの乗客はバーさんだけだった。「そうか、これがバーさんの臭いか」と思った。

バーさんは生活の中にいてやることがあるから、その存在自体が騒々しい。そのバーさんが複数になると、歴然とうるさい。連れ立って来なくても、バスの中で「あら!」と顔見知りを発見するとうるさくなる。ずーっと大声で喋ってる。女が大声でずーっと喋り続けるようになったら「バーさん」で、「しゃべるのが大儀な年頃」になるまでそれは続く。でも、一番恐ろしいのはバーさんのファッションだ。

三十代くらいならまだいいが、四十代五十代のその先に行ったフォークロアのソバージュヘアはこわい。だって、髪の毛が少なくなってるんだもの。「渋谷の」ではなく「足柄山の山姥」を思わせるボーボーの髪で、スカートを引きずっている。

多くの女性は、自分の「見た目」ではなく、「見たい目」に従って自分を構築している らしい。バーさんの着ているものには、なにかしら光り物がくっついている。可愛い花模様も結構多い。やっぱり「私は女だ」ということがつい思い出されてしまうのだろう。「年寄りは年寄りらしい恰好をした方がいいのに」と思って、昔の沢村源之助の言葉を思い出してしまうが、「それは間違いです！」と言うように、マイクを持ったバス運転手は車内アナウンスをする――「お年寄りの交通事故が増えています。お出掛けの際は人目に立つような服装でお出掛け下さい」と。

これはある運転手の私的見解ではないから、バスの中で当たり前に聞く。言われりゃ「そうですか――」と思って黙るしかありませんが、年寄りはそんなに目立たないもんですかね？ 普通に歩いている人の中にヨタヨタ歩いている年寄りがいたら目立ってしまう。私なんかは「人間は年を取ったら気配を消す方向で生きるようにするもんだ」と思ってはいますが、年寄りは年寄りであることによって、逆に目立つもんなんじゃないですかね。

それは「見栄」です

結局、私がバスに乗りたくなかったのは、それに乗ったらもう「年寄りの仲間入り」が決定してしまうからですね。人は見たくないものなんか見なくて、見たいものしか見ないようにしているから、バスの停留所に並んでいるのは年寄りばっかりだということを知ってはいても、見ていないんですね。人間は、自分中心の天動説で生きてるもんですから、「自分は年寄りだ」と思ってそれを認めようとしても、「自分以外の年寄り」は、やっぱりいやで、「他人と同じ年寄り」のカテゴリーに入れられるのがいやなんですね。自分で「私は年寄りだ」と認めることは出来ても、他人から「年寄りだ」と認定されるのはいやなんでしょう。「年寄りのためのデイサーヴィスはバーさんばっかりで、ジーさんはあまり来ない」というのはそのためでしょう。

私だって「道端でボーッと立ってるのはいやだ」と思いながらも、「もう年寄りなんだから気長に構えるしかない」と自分を馴れさせるようにしたんですが、まだ落ち着かないところはあります。やっぱり「見栄」は残るんですね。

私の父親は八十八歳になる十日ほど前に死にましたが、死ぬ一年前まで勤めに出てました。毎日ではなく、「出て来てくれ」と頼まれたら出て行くという働き方でしたが、父親は心臓が悪かったので、そうして出勤して帰って来る途中に道端に座り込んでいたりしたことがありました。

たまたま通りかかった私が、道端の石やらなにかに座り込んでいる父親を見て、「大丈夫?」と言うと、父親は笑って「ああ、大丈夫だ」と言っていました。それで私は「久しぶりに息子の顔を見て、声なんかかけられたもんだから、それで無理して笑顔なんか見せてんのかな?」と思ったりもしました。しかし時がたって、私もまた歩くのがしんどくなって道端に座り込んだりしてしまうようになると、あの「大丈夫だ」は嘘ではなかったんだなということがよく分かるようになりました。

歩いていて息が上がってしんどくなって、「大丈夫」じゃなくなったから、座り込むんです。座り込めばすぐにまた歩けるようになるから、それが分かっているから、座っている限りは「大丈夫」なんです。重い荷物でも持っていたら、「誰かこれだけ持ってってくれないかな」という気にもなるんですが、自分の体を運ぶのだとそうはいきません。「すいません、しんどいので私に代わって私の家まで歩いて行ってくれませんか」はないのですから。

しんどいけど歩く。歩けなくなったら休む。そしてまた歩く。年寄りというのはそういうものですね。そういう風にのんびりしてるから、年寄りと付き合うのはめんどくさいんですね。

年寄りはよたよたと歩くもんで、「よたよたと歩いているから可哀想だ」と思うのは、年寄りのことを知らない人間の勝手な誤解です——と、ここまでは分かるんです。でも、分かっただけではどうにもならないのが人間という生き物です。

私は体調次第で、日によっては脚が重くなって息が切れて「ちょっと座らなくちゃだめだ」になってしまいます。そんなに長い距離を歩くわけでもないのに、「ちょっと行ってはまた座る」を繰り返してしまうことがあります。でも、そういう人間のくせに、道端に座り込むことへのためらいはまだあります。バスに乗ることへのためらいと同じで、「それをやって、自分が年寄りと思われるのは、ちょっとやだな」です。

私は結構大柄な人間なので、日暮れてから道端に座り込んだりすると「不審な人物」に見えてしまうだろうと思って、「ああ、年を取って不審人物に間違われるのは情けない」と思います。それでも、人通りの少ない夜だと人目に立たない分だけ幸いで、日が差す中、意味もなく道の端に座り込んで息を整えていると、「人に見られたらどうしよう？」なんてことを思います。それが知ってる相手だったら、父親と同じように「ああ、大丈夫ですよ」ですみますが、知らない人に見られたらどうしよう？――とそう思って、「そういう余分なことを考えてるのが見栄でしょ」と自分に言います。「老いに馴れる」ったって、へんな見栄が残ってる限りはうまくいきませんやね。

でもやっぱり「老い」に馴れるのは大変らしい

私が路線バスに乗り始めたのは、脚が痛くて歩くのが困難になったからですが、バスに乗るのをいやがっていたくせに、乗ったらホッとしてしまったことが一つあります。長い間東京の路線バスになんか乗ってなかったので知らなかったのですが、今の路線バスは、完全に「老人仕様」になっているんですね。

車内の至るところに柱が立っている。立ったままの乗客がつかまるためのもので、吊り革よりはずっと安定している。年寄りは足元が不安定になりがちだから、「揺れる走行中のバスの中で座れないで立っているんだったらつかまってなさい」ですね。そういう仕掛けがある上に、運転手はやたらと「走行中は席を立たないで下さい」というアナウンスをする。乗り込んで来た客が席に着くか、吊り革や柱につかまって定位置に落ち着くなりするまで、バスを発車させない。乗り込むのでさえヨタヨタしていた私は、これを聞いて「モタモタしていてもいいんだ」と思って安心した。一昔前の公共交通機関では、モタモタしていると「さっさと乗れ」と言わぬばかりのプレッシャーを感じたけれど。「老人シフト」になると、そういう「さっさとしろ！」はなくなって、「落ち着いてゆっくりしてていいんですよ」になる。

私はそれで「ありがとーございます」とは思いましたが、すべての年寄りがそうだというわけではない。やっぱり、頭の中がまだ若いので、年寄りらしからぬ行動に出てしまう。だから運転手は、「走行中は席を立たないで下さい」というアナウンスをやたらとする。ついには、「走行中に席を立たれて顔面を強打して大怪我をされたお客様もいます」と、恐ろしい警告をする。足元が危うい私は、それを聞いて「ああ、ホントにそうだ。危うい、危うい、南無阿弥陀仏」とは思いますが、運転手がそういうアナウンスをしつこくするということは、それに耳を貸さない乗客が多いということでもあるだろう。

私が乗り込んだバスの中で、やたらと席を移動したがるジーさんがいた。どうやら同じ車内に顔見知りのバーさんがいて、「こっちにいらっしゃいよ」と言われてはいないのに、そばに寄ろうとして席を立って、「で、どうするかな?」と迷って、そのまま通路に突っ立っている。私が乗ってからでも二回立ち上がって、それ以前からでもやっていたのだろう。たまりかねた運転手は、「立たないでって言ったでしょう!」と、ついに警告の声を荒らげた。いかにも「足元のおぼつかないジーさん」だったから、さもありなんですが。

乗客が走行中に立って怪我なんかしたら、運転手の責任になる。何しろ年寄りは骨折をしやすい。乗客が倒れたら、運転手は車を止めて「大丈夫ですか」と助けに行かなければならない。運転手は本当に大変だ。「走行中に立たれて怪我をされると、運行ダイヤに遅れが出ます」と、そのつらい胸の内を訴えていた。

昔は、「道路渋滞でバスに遅れが出る」ということがよくあった(らしい)。その頃はバスになんか乗っていなかったが、渋滞した道路で路線バスが立ち往生している光景はよく見た。しかし、今はそんなことがない。昼間の幹線道路は、混んではいても「渋滞で車が動かない」があまりない。道路にはバス専用レーンも出来ているし。でも、見るからに道路がガラガラであっても、バスには遅れが出る。電車の改札は駅の改札口ですませますが、バスは乗り込んでから「乗車手続き」をするから、乗客次第でいくらでも遅れは出ますね。

乗ってから「ええっと、あたしのシルバーパスはどこだ?」と、あちこちを探しているバーさんもいる。人が料金を支払っている狭い乗車口の脇を、「私はシルバーパス持ってるから先に行くわよ」と、人にぶつかり押しのけて通るバーさんもいる。モタモタと歩くバーさんが何人も、カートを押して「よいしょ」と乗り込んで来るのは当たり前にある。私は観念して、「はい待ってます」という心境になる。運転手は、そういうバーさん達全員が席に着くのを辛抱強く待っている。それだから、乗ってるジーさんやバーさんが走行中に車内をうろうろしてたらたまんないだろう。

だから、停留所へ着く前に「バスが完全に停止してから席をお立ち下さい」と言う。もう何度も言う。「年寄り」は歴然として、でも頭の中がまだ「年寄り」にはなっていないジーさんやバーさんは、「私は平気」とばかりにさっさと降りる準備で立ち上がり、「転んだらどうすんだ」と思う運転手をヤキモキさせる。「老い」に馴れるのは、やっぱりそうそう簡単なことではないらしい。

第十二章　人はいくつまで生きるんだろう？

超高齢大国か、超高齢窮国か

日本は超高齢大国なんだそうですが、本当ですかね。私はこの言い方に違和感を覚えますけどね。

年寄りが増えれば国の支出も増える。この先は史上最大の人数を誇る団塊の世代が老人になって、ただ「なる」だけではすまなくて、ますます老人になる。平均寿命もジリッジリッと伸び続けて、「年寄りだから死ぬ」ということもそうそうなくて、年寄りだけが増え続ける。考えるのもいやなくらい老人だらけになって、その「老人だらけ」ということと「大国」というのは一つになるものでしょうか？　老人を粗末にするわけにもいかないから「超高齢大国」ということにしているけれど、本音を言えば困っていて、実のところは「超高齢窮国」なんじゃないんですかね。

若い頃の私は「五十でものになって七十五まで生きてりゃいいや」と思ってましたが、二十代の若さだと「七十五」が想像出来る老いの限界だったのかもしれません。私が高校生の時に死んだ同居の祖父は、七十になったかならないかの寿命で、その頃の私は祖父のことを「寿命の来た老人」と思っていたけれど、私の祖母は八十過ぎまで生きて、父も四捨五入すれば九十というところで死んで、母親はその記録を更新している。若い頃の私は「八十を過ぎてもまだ生きている自分」というのが想像出来なくて、「七十五くらいまででいいや」と思ってはいたけれど、今や「八十もある程度以上を過ぎなきゃ老人じゃない」くらいのことになってしまった。一体、人はいくつまで生きればいいんだろう?

というようなことを考えていたら、「日本人の平均健康寿命」というのが発表された。人はいくつまで介護やら支援を必要としない健康体でいられるのかと言ったら、それは七十歳を少し越えたくらいで、日本人の平均寿命より十年ほど若い。それが、日本人の健康寿命の平均値だと言われて、私は「やっぱりそこら辺が相応なんじゃないのかな」と思った。

　七十歳と言えば「古稀」の年で、「人生七十、古来稀れ」なんだから、人間の寿命が七十であってもいいんじゃないかなという気がする。「人生七十、古来稀れ」と言ったのは唐代の中国人の杜甫だから、その時代の中国では「古来稀れ」だっただけで、今じゃ違うし、日本とも違うとお考えの向きもおありでしょうが、結構最近まで「七十＝古来稀れ」で来たんだから、人間の寿命相場は七十の半ばでもいいんじゃないでしょうか。七十は「古来稀れ」で、それを越されてしまうともうなんと言ったらいいのか分からなくて、やたらと「寿」を付ける。喜寿とか傘寿とか米寿とか卒寿とか、白寿とか。「古来稀れ」の一線を越えると、もう普通扱い出来なくて、半分あきれながら「めでたい」とか言うしかなくなるんでしょうね。

　というわけで、本当に「人生七十、古来稀れ」なんでしょうか？　「平均寿命が伸びたのは、乳幼児の死亡率が低くなったからで、昔の人がそうそう短命だったわけではない」と言う人もいますが、そうそう短命ではなくても、やっぱり「人生七十年」は「古来稀れ」なんです。実は私、そんなことを調査するつもりもないのに、以前に調査をしていたのでした。

「人生七十、古来稀れ」は本当だった

私が四十代の終わりから十年がかりで書いていたのは『双調《そうじょう》平家物語』というバカ長い作品で、『平家物語』のくせに、扱う時代は皇統断絶の起こった古代の六世紀初頭から、承久《じょうきゅう》の乱の起こった十三世紀までの七百年ちょっとです。有名無名を合わせて、実在の歴史上の人物が千五百人以上登場するんですが、こんなものを「人間達の物語」とするためには、「その時、その人はいくつだったのか?」を知っておかなくちゃなりません。

歴史上の有名人だからといって、固有名詞をそのまま投げ出しておけばいいわけではなくて、年齢によって話し方も違って来るし、「若き不遇のヒーロー」と思われていた人が、年齢から考えると「不遇のまま中年になってしまったヒーローのなりそこね」だったりもします。それよりも大きいのは、年齢という指標があまり役に立たなくなってしまった現代に、「人間はこの年頃でこんなことをする」という事実を提出することでもあったのです。まァ、普通はそんな拾い方をしてはもらえませんでしょうけどね。

そんなわけで私は、「この年にこの人は何歳」ということがすぐ分かる年齢表を自分で作りました。六世紀の初頭から始まって一年刻みで七百年ちょっと分です。どうやら

私は年齢の計算が苦手かバカらしくて、「何歳の彼が何年後には何歳」という類のことを書くと、必ずと言っていいほど間違えて校閲者からチェックを入れられます。そういう人間なので年齢表を作っておいた方が、一々「現在時プラス1から生年を引く」などという面倒なことをしなくてすみます。それが数え年の計算法で、そういうことをすると、「この時期の事件を起こしたのはいくつくらいの人間達か」という、年毎の年齢の輪切りも出来ます。数え年で計算すると、その一年間は誰でも年齢増なしの同じ年齢で、慣れてしまえば数え年の方が便利です。

というわけで私は、「生没年の分かる人」や「生没年が正確には分からないけど、大体はここら辺だろうと思われる人」の年齢データを六世紀から七百年以上分持っています。それを見れば、「人生七十、古来稀れ」がその昔に本当だったかどうかがおおよそのところで分かるのです。へんなことをやったものです。

縦軸に西暦と日本の年号、横軸はその時に生きていた有名無名の人間達で、そこに数字を一マスずつ埋めて行きます。まだワープロが生きていた時代なので、数字を一つ一つ入力して行きます。そういう作業をずっと続けていると、「なんだってこいつは長生きしてるんだ！」と思い、「まだ死なないのかよ」と言いたくなる人物が時々登場します。昔の年寄りに毒づいているだけではなくて、私は昔の子沢山にも毒づいていました。一夫一婦制が確定しているわけでもない昔は、一人の男がいろんな女と関係して多くの子供を持ったり、兄弟間で娘を贈り合ったりして子供を作っている例がいくらでもあって、そういう繁雑な人間関係を整理するためにやたらの系図を作っていた私は、「こんなんじゃ二次元平面に書ききれなくなるから、もう子供なんか作るな！」と毒づいていたのです。そういう風に体で理解して行くと、「まだ生きてんのかよ！」的に、分かり方がストレートになります。

その昔に生没年がはっきりしているのだから、身分の高い人です。身分が高い有名人でも、蘇我蝦夷とか入鹿の生年は分かりません。当然分かっていたものが、死んだ後に抹消されたのでしょう。大化の改新の一方の雄が年齢不明なのは困りますが、蘇我氏とは違って、有名ではない、たいしたこともしていない、にもかかわらず長生きだけはした人間が、時々います。この「長生き」の基準は「七十オーバー」です。「医学が進歩していないから短命だろう」と思われがちの昔ですが、六十を越える人はわりといます。でも七十を越えるとなると、その数がぐっと少なくなります。やっぱり「人生七十、古来稀れ」なのです。

その昔の「長生きした人」達

私の年齢表は、武烈《ぶれつ》天皇で途絶えた皇統を継ぐ継体《けいたい》天皇から始まります。越前からやって来た応神《おうじん》天皇五世の孫という「皇族」の範囲ギリギリの継体天皇が紀元五三一年に死んだ時は、八十二歳です。武烈天皇が死んだ時、越前にいた継体天皇は五十七歳で、既にいい年なのですが、「享年は八十二、一説には八十五」と『日本書紀』には書いてあって、「『日本書紀』の記述に信憑性があるのか？」とも思いますが、どうやらこの長寿は本当らしいです。

継体天皇には越前から連れて来た息子が二人いて、父ほどではないけれどやはり「古来稀れ」の口で、兄の安閑《あんかん》天皇は七十歳、弟の宣化《せんか》天皇は七十三歳の寿命です。これも『古事記』や『日本書紀』の世界なので、もしかしたら眉唾かと思われるかもしれませんが、長寿遺伝子のようなものはどうやらあるらしく、宣化天皇の死の百六十二年後、臣下に降っていた彼の子孫多治比嶋《たじひのしま》が七十八歳で死んでいます。多治比の一族は長命で、嶋には六人の息子がいましたが、その内の三人は享年八十を含むオーバー七十です。多治比の一族のことなんかまず誰も問題にはしないんですが、この父と子は持統《じとう》天皇から孝謙《こうけん》天皇の時代の朝廷の高官なので、「もしかしたら重要な存在なのかな」と思いつつ、「まだ生きてるのかよ」とうんざりしながら入力をしたのです。

しかし継体天皇から安閑天皇、宣化天皇と受け継がれるのは皇統の傍流で、その後の天皇は、大和に来た継体天皇と大和にいた皇女との間に生まれた欽明《きんめい》天皇から続くものを本流とします。継体天皇の中にあった長寿遺伝子は、どうやらその後の本流の天皇にはあまり作用しなくて、欽明天皇は六十三歳で死亡し、「人生七十、古来稀れ」の事実を裏書きするようになります。

それ以降、七十を越えた天皇というのは例外的な存在で、平安時代前期の陽成《ようぜい》天皇が八十二歳、次いではやりたい放題だった白河天皇が七十七歳、日本で最初の女帝である推古天皇が七十五歳というところです。

当時最高の生活を享受出来ていたはずの天皇ですが、意外なことに六十歳を越した天皇さえも稀です。天皇家に政治の実質が宿っていた鎌倉時代の承久の乱頃までは、天皇もかなりの激務だったのでしょう。それでさっさと譲位すると、出来る人は長生きが出来ます。

六十歳を越えた数少ない天皇の一人である後白河天皇は六十六歳で死にますが、二十九歳で即位してわずか三年後に譲位をするので、人生の半分以上が上皇で法皇です。承久の乱に頓挫して隠岐の島へ流された後鳥羽天皇も、寿命はスレスレの六十歳ですが、四歳で天皇に擁立された彼は十九歳で譲位して、その後の人生の三分の二は上皇です。

その中でもやはり女性は長寿らしくて、推古天皇に次ぐ日本で二人目の女帝斉明《さいめい》（皇《こう》極《ぎょく》）天皇は、七十間近の六十八歳まで生きます。斉明天皇は、大化の改新の時に息子の中大兄皇子が蘇我入鹿を殺害する現場を目撃した女帝と同一人物ですが、母の後を継いで即位した中大兄皇子の天智天皇は、四十六歳で世を去っています。なんとなく「苦労したんだろうな」という気がします。ちなみに、推古天皇の摂政として立ったと言われる甥の聖徳太子は四十九歳で死んでいます。どうも、男の寿命は五十の山を越せるかどうかでもあるようです。

「男より女の方が長生き」で言うと、三人目の女帝の持統天皇は六十に届かず五十八歳で一生を終えますが、彼女の異母妹である四人目の女帝元明《げんめい》天皇は六十一歳、その娘の元正《げんしょう》天皇の寿命は六十九歳です。六人目の女帝の孝謙天皇は五十三歳で死にますが、母親の光明皇后は六十歳の寿命。彼女と同年齢の夫の聖武天皇は五十六歳で死にます。それでというわけではありませんが、聖武天皇からその娘の御世にかけて一番力を持っていたのは、光明皇后です（余分な話ですが）。

いささか大雑把ではありますが、今のところ「人生七十、古来稀れ」です。八十一歳まで長生きした吉備真備《きびのまきび》とか、当時の仏教者のあり方に反して民衆の中に入って行った行基《ぎょうき》上人の八十二歳とか、おそらくは誰も知らない関心も持たれない中臣清麻呂《なかとみのきよまろ》という八十七歳まで生きた人物もいますが、オーバー八十は例外的な長寿です。ついでに、「宗教者だから特別に長寿だというわけでもない」の例で言うと、平安時代の初めの二人のお大師様、伝教大師の最澄は五十六歳、弘法大師の空海は六十二歳で死んでいます。「人生七十、古来稀れ」で「人生五十年」をスタンダードとするのが当然のような昔ではありますが、ある時そこにオーバー八十を当然とする長寿の一族や長寿の一群が生まれてしまいます。それがいつかというと、ちょっと驚きます。

楽な人生を送ると長生きをする

全盛を極め「この世をば我が世とぞ思ふ」云々の歌を詠んだ藤原道長は六十二歳で死にます。藤原氏というのは、長い間権力を握っていたわりに、五十六歳で死んだ始祖の鎌足以来、そうそう長命な一族ではありません。逆に疫病にかかって一族兄弟が早死にしてしまうという、生命力に関する弱さはあります。道長の寿命は、一族繁栄の基盤を作った鎌足の息子不比等《ふひと》と同じですから、藤原氏的には順当なものでしょう。

ところが、道長の嫡男の頼通は、八十三歳まで生きました。母を同じくする四歳年下の弟の教通は八十歳です。頼通の四歳年上の姉で一条天皇の后となって一家の繁栄を築く元となった彰子《あきこ》――紫式部が仕えたことで有名な彼女は、日本で二人目の女院となって上東門院《じょうとうもんいん》という存在になり、八十七歳まで生きました。

突然の長寿の一族の出現ですが、この三人は母を同じくしますから、長寿遺伝子は母親の方から来たのかもしれません。もちろんその通りで、道長の正妻で「鷹司殿《たかつかさ》」と呼ばれていた源倫子《ともこ》は九十歳まで生きました。道長のもう一人の妻である高松殿源明子《あきこ》の方に生まれた息子達の二人は七十過ぎまで生きましたが、八十過ぎの長命ではありません。

だとすると長命は鷹司殿に由来するのかなと思うとさにあらずで、源倫子とは血が繋がらず誰よりも長命だった人物がいます。それは、頼通の正妻で、四十二歳で死んだ村上天皇の孫に当たる隆姫《たかひめ》女王です。彼女は九十三歳まで生きました。頼通と教通、上東門院彰子、鷹司殿倫子と隆姫女王五人の共通点はなんでしょう？　それは、藤原道長の築き上げた栄華の絶頂に安住していられたことです。

一条天皇が三十二歳で世を去った後、道長と不仲だった三十六歳の三条天皇が即位します。天皇に娘を贈ってその腹に男子を得るのが、摂関家が権力を保持し続けるための常套手段なので、道長は即位した三条天皇が嫌いであっても娘を贈ります。贈られて后になったのが、彰子と母を同じくする次女の妍子《きよこ》ですが、三条天皇には既に妍子と同年になる皇子を産んだ、以前からの女性がいます。三条天皇には后が二人いて、当然、古くからいる后の産んだ皇子を天皇にしたいのですが、道長はそんなことを望みません。妍子が三条天皇の男児を産めば別ですが、妍子は女児しか産みません。三条天皇の後継は彰子の産んだ一条天皇の子の後一条天皇と決まっていますが、三条天皇はそのまた後継に自分の皇子をと考えています。道長はとりあえず「しょうがないな」と思いますが、その内に三条天皇は眼病を患います。

即位五年の三条天皇は、道長の外孫である後一条天皇に譲位して、自分の皇子をその皇太子に立てさせます。その翌年、三条天皇が死亡すると、皇太子になっていた三条天皇の皇子に道長は隠退を迫って、後一条天皇の弟である同じ外孫の後朱雀《ごすざく》天皇を皇太子に替えてしまいます。

翌年、後一条天皇が十一歳で元服をすると、道長は妍子の妹である三女の威子《たけこ》をその后とします。道長が「この世をば我が世とぞ思ふ」と詠んだ三人の娘が三代の天皇の后となる状態はこうして出現するのですが、その翌年になると五十四歳になった道長はもう「病気がち」で、出家をしてしまいます。比類のない栄華を達成して、道長は疲れ果ててしまったんじゃないかと、私は思います。

摂関家の四男として生まれた道長は、ボーッとしていても栄華への道を辿れません。政敵となる兄達がいて、兄達が死んでもその息子がライヴァルとなります。三条天皇と対立する以前に結構な政争を経験した道長ですが、嫡男の頼通は道長がある程度以上の地位を確保した後で生まれます。面倒臭いことは全部父の道長が片付けて、頼通にはたいした苦労がありません。道長から「少しはお前も自覚を持てよ」と言われるような嫡男は、父の築いた栄華の上にいればいいのです。

道長の築いた栄華はその死後も続いて、藤原頼通が摂関家の長となっていた時代は、その栄華の絶頂期です。面倒なことを考える必要はなにもありません。栄華の上にいる頼通の母や姉、弟、妻は長生きをするはずです。しかし、その栄華の絶頂期は、摂関政治の時代から院政の時代へと移行する時期です。

頼通の前には、三条天皇の孫で院政の時代を開くことになる不仲な後三条天皇がいますが、この天皇の世話を高松殿を母とする異母弟に押しつけた頼通は、宇治に籠って四歳年下の弟教通と「関白職を譲れ」「譲らない」という喧嘩をしています。頼通が関白職を七十二歳の弟に譲ったのは七十六歳の時で、翌年には、即位した不仲な後三条天皇が摂関家の富の源泉である荘園の整理に着手しています。後三条天皇の世話を傍流の弟に任せていた頼通には、後三条天皇との接点がありません。頼通には五十一歳の時に生まれた師実《もろざね》という嫡男がありましたが、そちらに関白職を譲るよりも、七十二歳の弟です。最早「老害」と言うべきで、頼通、教通の兄弟が死んだ時には、摂関家の束縛を脱してしまっていた白河天皇の親政になっていて、摂関家の時代は黄昏へと向かうのです。「生きるのが楽になると、人間は長生きするな」と思い、「楽して長生きしている人間は世代交替を忘れて、自分が年を取っていることも忘れて、自分の生きて来た時代を終わらせちゃったりもするんだな」と、そんな昔の例を見て、私は思ったりするのです。「なんにもしないですんでいる楽な生活を保証されると人間は長生きをする」というのにはもう一つ例証があります。それは、院政の時代の少し前から増え始める「女院」という存在です。

女院は初め天皇の生母に贈られる称号でした。最初の女院は一条天皇の生母の東三条《とうさんじょう》院、二人目の女院が後一条天皇、後朱雀天皇の生母である上東門院で、三人目の女院は後三条天皇の生母の陽明門院《ようめいもん》ですが、その先になると「天皇の生母」であったり「天皇の后」であったり、「名目だけ天皇の后になった天皇の娘」も女院になります。女院というのは上皇に准ずる存在で、女帝が存在しなくなった時代の女性にとって究極の地位です。崇められるだけで、彼女自身は格別になにかをする必要がありません。それで、結婚する可能性がなくて、よく考えれば不安定な存在である内親王の立場を安定させるために、父の天皇や上皇が娘を女院にしてしまいます。そのような立場なので、長命の人が多くいます。

上東門院は八十七歳の長寿でしたが、その次の陽明門院は八十二歳、その次の後冷泉天皇の后だった二条院は八十歳の長寿です。女院は代替わりをするものではないので、何人もの女院が複数で存在することは当たり前にあって、「この人はまだ生きているけど、どういう人だったんだっけ？」と思うこと、しばしばです。

平清盛の娘で一族と共に壇ノ浦に沈んだはずの建礼門院は、水に飛び込んだ時は三十一歳ですが、助けられて五十九歳まで生きました。六十歳で世を去った後鳥羽天皇の寵愛を受けて女院となった二人の女性、承明門院《しょうめいもん》と修明門院《しゅめいもん》は、それぞれ八十七歳、八十三歳の寿命です。私の作った年齢表の最後はこの二人で終わるのですが、天皇や上皇は流罪になっても、女院はそうなりません。「長生きはするかもしれないな」と思います。

もう一人、極め付きは八十二歳で死んだ陽成天皇です。百人一首の歌以外にあまり有名ではない平安時代前期のこの天皇は、九歳で天皇に擁立され、十七歳で譲位しています。譲位の理由はよく分かりませんが、気の強い彼は伯父である摂政の藤原基経《もとつね》と喧嘩をしてしまったようです。平安時代前期の天皇はそのように元気ですが、十七歳で上皇になった彼は八十二歳まで生きます。なにをして時間をつぶしていたのでしょうか？　なに不自由のない生活を保証されていた彼には、しなければいけないない何事もないのです。もしかしたら、なんのストレスも。

現在の日本で百歳を越えている長寿者は幸福で、多幸感を持っている人が多いそうです。長生きの条件には、「年を取っていることを感じる必要がない」という苦労のなさもあるのかもしれませんが、微妙な皮肉も入っているかもしれません。

終章　ちょっとだけ「死」を考える

遠い昔に死んだ猫の記憶

小学校に入学したくらいの頃まで、家で猫を飼っていた。黄緑色の瞳をした真っ黒な毛並のカラス猫で、ミュージカルの『キャッツ』のポスターを見ると、その猫を思い出す。クロという当たり前すぎる名前だが、毛並はとても美しかったから、多分、拾われて来た捨て猫ではないだろうが、どうしてその猫が家にやって来たのかという経緯は知らない。どこかからもらったのか、買ったのか。そもそも、その猫を家の誰が可愛がっていたのかが分からない。家の人間が可愛がっていたのか、邪慳《じゃけん》にしていたのかも。

昔のことだから、クロに餌をやってはいても、家の中に入れなかった。夏目漱石の『吾輩は猫である』の中にも、家の中で大事にされている飼い猫と、勝手に外を歩き回って食事の時だけ帰って来る野良猫状態の飼い猫の二種類が出て来るが、家のクロも野良猫状態の飼われ方をしていたように思う。畳の上に土足で上がるのは最大のタブーだったから、外を歩き回っていた猫が畳の座敷に上がると、「こら！」と箒を持った祖母をはじめとする女達に追い回される。そういう光景を見ていたから、「可愛がられているのか邪慳にされているのか分からない」という感じ方をしていたのだが、ある時、家の女達が「最近見ないね」とクロの話をしていた。

「だからなんだ？」と思っていたら、二、三日して祖父が家の床下を覗き込んでいた。きっと「いた」と言ったんだろう。祖母は「やっぱり」と言った。それで私は、「猫は死ぬ時が近づくと、人の目につかない所へ行って死ぬ」という話を聞いた。

私が「死」なるものに遭遇したのはその時が最初で、「死期を悟った猫が人目につかない場所へ死にに行く」という話は印象に残って、そのことをずっと覚えていたわけではないが、何年か前に思い出したというか、記憶の表層に浮かび上がった。

記憶に関する話をするのは面倒で、「猫の死にまつわる話」が記憶に刻み込まれたのは事実だけれど、それをずっと覚えていたわけではない。しかし、「昔、黒い猫が家にいた」と思うと、その「死の話」が自動的に浮かび上がる。子供の私は、床下を覗き込んでいる祖父の横で一緒に屈み込んで床下を見たけれど、暗くて猫の死骸なんかは見えなかった。「死の実態」を見て「猫の死にまつわる話」を頭に刻み込んだわけでもないのに、「クロのこと」を考えると、自動的に「猫の死にまつわる話」が登場して来る。「なんでそんなへんな覚え方をしてるんだろう?」と思いはしなかったが、「猫の死の話」が意味を持った後で、「そういうことか?」と理解出来たような気がした。

子供の私はクロとなんの関係も持てずにいて、だからこそ「終わってしまったその猫のこと」が記憶に残っていたらしい。

若い時はそうでもないが、年を取ると「過去の空白」が妙に浮かび上がって来る。「ああいう関係があったらよかったな」という形で、過去の人との出会いを思い出す。それでどうなるわけでもないのに、「なかった関係」がふっと頭に浮かんで、ちょっとばかりジタバタする。「昔を今になすよしもがな」というわけでもなくて、「なかった関係」が「埋めたいけど埋められない空白」となってただ浮かんで来る。「昔が懐しい」というわけではなくて、「なかったんだなァ」ということだけを思わせる。年を取ると、自分の過去が穴だらけのボロ布のように思えるのかもしれない。

だから、クロのことを思い出すと、「もう少し仲よくしとけばよかったな」と思う。

別に、今になって猫が飼いたいわけでもない。「さわると引っかかれるよ」と言われていたので、クロの背中にさわったのは一度しかない。縁側で寝ているのにこっそりさわった。その時の毛並の感じは今もまだ覚えていて、だからこそその記憶が、「もう少し勇気を出して仲よくしといたらよかったな」と思わせる。ただそれだけの話だけれど。

猫の羞恥心

それはともかく、なんでクロが死んだ話を思い出したのかというと、少し前から言われるようになった「孤独死」と関連してのことだった。

たった一人の部屋なり家の中で、死んだままになっているのが発見される。私の叔母の一人も、大晦日の夜に一人暮らしの家で風呂に入って、出た後で心臓の発作で倒れた。そのままで明けて元日になってやって来た息子夫婦に、死んでいるところを発見された。孤独死というのは、意外と身近なところで起こりうる。

孤独死ということになると、「息が絶えるまでの間、どれほど寂しかっただろう」などと考えてしまうが、それと同時に我が身のことに置き換えて、「自分が突然死に襲われたらどうしよう?」という恐怖も生まれて来る。「死んだ自分が発見されるのなら、身ぎれいにして死んでいたい」とは思うけれども、どういう形で死がやって来るのかは分からない。だから「浅ましい死に方をしていたらどうしよう？」と思う。「突然自分が孤独死をするようなことになったらどうしよう？」と思う不安の中には、「見苦しい自分の死にざまを見られたくない」という思いもあるのだろうと思って、私は遠い昔のクロの死を思い出した。

猫が自分の死期を悟って人に見られない所へ行くというのは、「衰弱した自分の姿を見られたくない」という、猫一流の羞恥心なんだろうなと思った。

人が入って来にくい縁の下で死んだクロは、そのまま縁の下の土になった。それを思って、人間の孤独死は仕方がないなと思った。人間が土の上に床を張って暮すようになった以上、そこで死んでも土にはなれない。床の上に死んだ体だけはそのまま残る。認知症になった老人が徘徊行動をするのは、自分が土になれる場所を求めてのことかもしれないが、多分違うだろう。「衰弱して死んで行く自分の姿を見られたくない」と思っても、現代では無理だ。そもそも、自分と同化してくれるはずの「土」が、都会地ではほとんどない。病院のベッドで死ぬということは、「衰弱して死んで行くところを人に見られて死んで行く」ということで、「看取られる」ということが死んで行く本人の希望するところであるかどうかもよく分からない。

社会生活を営んでいるわけではない猫には、自分の羞恥心に殉じて死んで行くことも出来るだろうが、人間にとっては無理だ。それをすることは、多分、他人に迷惑をかけることになるはずだから。

はっきり言ってしまえば、人間がいつどこで死ぬかは分からない。私の友人の一人は、駅のホームで脳溢血の発作を起こして倒れ、意識不明のまま病院に運ばれて。そのまま、しばらくして死んでしまった。私だって、どこで足を踏みはずして死んでしまうかは分からない。なにしろ、足元が相変わらずおぼつかない。そんなことより、私は難病患者でもあるのだから、いつどこでぶっ倒れてそのままになるのかは分からない。自殺でもない限り、死ぬ前の人の胸の内をあれこれ考えても仕方がない。「病院のベッドで誰からも知られぬ内に死んでしまう」というのだって孤独死で、それを言ったら、誰にだって「孤独死を発見される可能性」はある。

「死」をちょっとだけ考える

「死ぬことがこわくないのか?」と問われれば、「こわくない」とは言えない。だからといって「こわい」とも言えない。その答は正直なところ、「よく分からない」だ。

三十代の前半の頃、「死」を思ってこわくなったことがあった。「自分はまだなんにもしていない、このままで終わらせられるのはいやだ」と思って、「死」ではなく、「生」が中断されることを思ってこわかった。どちらも同じことのようだが、「死」の方向から「死」を考えるのと、「生」の方向から「死」を考えるのは違う。私はどうも、「生」の方向からしか「死」を考えられない。

三十代の後半になって、「自分のやるべきこと」を見つけてそれにばかり邁進するようになったのはいいが、「こんなに仕事ばっかりしていてなにがおもしろいんだろう？自分はもっといい加減な人間だったはずなのに」と思って、「こなしきれない量の仕事を抱えたまま死んで行くのはいやだ」と思った。私の場合は、考え始めるとその対処法がわりとあっさり見つかってしまうのだけれども、その「仕事ばっかりじゃいやだ」と思った時は、「じゃ、この人生は仕事だけということにして、死んで生まれ変わったら遊んでるということにしよう」と思った。

私は別に輪廻転生を信じているわけではないが、仏教はそういう考え方を前提にしているから、「そういう考え方もあるな」と思った。すごく長期の単位で「明日があるさ」

と思っただけだが、そう考えたら「仕事だけで死ぬ」でもそういやではなくなった。ものは考えようだ。

しかし、そう考えてまた、四十代を過ぎたら変わって来た。「この人生では仕事だけで、自分のやるべきノルマを全部果たして、それで死んだら次の人生ではただ遊んでよう」と思ったのだが、私の考えた「自分のノルマ」はそう簡単に終わりそうもない。三百年くらい生きたら終わるかもしれないが、別にそんな寿命は望めないと思って、「だったら〝明日〟は来ないじゃん」と理解した。「困ったな」と思ったが、その対処法はすぐに頭に浮かんだ。「そんなになんでもかんでも抱え込んで、〝自分のノルマだ〟なんて思わなきゃいいじゃない」と考えればよかったのだ。

本当にその通りなので、自分のやることが意味のあることなら、「やり残したこと」を誰かが拾ってやってくれる。意味のないことだったら、そのまま忘れられる。でもそれは、死んだ後でなければ分からない。だから、「死という先のことなんか考えずに、今のことだけ考えとけ」になる。どう死ぬのかは分からないが、死んだら死んだで、誰かがなんかの処置をしてくれると思うしかない。自分の葬式のことをあれこれ考えたって、いざその時には自分がもう死んでいるのだから、どうなるのかは分からない。

猫が死ぬことに関して羞恥心を持って、自分から進んで土になりに行くのは、猫が集団で社会生活を営んでいなくて、死んでも他の猫が葬式をやってくれるわけではないからだ。人として生まれて、最後まで他人を拒否したり信用しないままでいるのは、あまりいいことじゃないように思う。人は独りで死んで行くのかもしれないが、土の上に床を張った人間は、やはり人の社会の中で死んで行くのだから、そう思えばそうそう「孤立無縁」というわけでもない。

クロが死んで少したった後の子供の頃、「自分はいつ眠ってしまうのだろう?」ということを考えたことがあった。布団の中に入って、横になっていてもまだ目は覚めていて、それがいつの間にか眠ってしまっている。そのことが不思議で、「起きているのと眠っているの境はどこにあるんだろう?」と思った。「その境目はどこかにあるはずだから、ずっと起きていて、その境界線を見つけよう」と思った。それで二日ばかり、「自分はいつ眠くなるんだろう?」と思って布団の中で頑張って起きていたが、「眠る」ということは意識がなくなることで、意識のなくなった頭で「私は今意識がなくなりました」などと認識することは出来ない。だから、「起きていると寝ているの境界線は分からないんだ」と思った。

ただそれだけの話だが、ずっと後になって、「生きている」と「死ぬ」の境目は、ピッピッピッピという体に取りつけられた装置の電波でなら分かるが、「眠る」と「起きている」の境目が当人には分からないのと同じように、分からないものなんじゃないかと思った。

この件に関しては、まだ私は死んだことがないので断言は出来ないが、「いつの間にか眠っちゃった」と同じように、「いつの間にか死んじゃった」なんじゃないかと思う。「体が痛くて眠れない」と思っていたって、結局はその末に眠ってしまうんだから、「痛い、痛い」と思っていても、死ぬ瞬間はその痛みがなくなるのだろう。なにしろ死ぬということは、感覚を失ってしまうことなのだから。

他人の葬式に行って、棺の中に横たわっている仏様を見ていつも思う。「ああ、もう頑張らなくていいんだなァ」と。「死ぬとゆっくり出来る」と私は思っているから、安らかに眠っている仏様を見ると「羨ましいな」と思う。

結局私は、「生」の方向からでしか「死」を考えられない人間で、「死」というものは、「生」の方向から考えても「考えるのは無駄だよ」という答しかくれないものかと思うのでした。

橋本 治　1948(昭和23)年生まれ。作家。東京大学文学部国文科卒。小説・評論・エッセイ・古典の現代語訳など、多彩な執筆活動を行う。『双調 平家物語』『巡礼』『浄瑠璃を読もう』など著書多数。

Ⓢ新潮新書

639

いつまでも若《わか》いと思《おも》うなよ

著 者　橋本《はしもと》　治《おさむ》

2015年10月20日　発行

発行者　佐 藤 隆 信

発行所　株式会社新潮社

〒162-8711　東京都新宿区矢来町71番地
編集部(03)3266-5430　読者係(03)3266-5111
http://www.shinchosha.co.jp

印刷所　二光印刷株式会社
製本所　株式会社大進堂

ISBN978-4-10-610639-2　C0210

価格はカバーに表示してあります。

本書は、「新潮45」連載「年を取る」（二〇一四年一月～十二月号）に加筆・修正し、
改題の上、終章「ちょっとだけ『死』を考える」を書き下ろしたものである。

Ⓢ新潮新書

632
がんとの賢い闘い方
「近藤誠理論」徹底批判
大場 大

「放置するべき」は大嘘です——「近藤誠理論」の嘘を見破り、誤りを徹底批判。外科医・腫瘍内科医である著者が、患者と家族が知っておくべき最新の医学知識を平易に解説する。

627
患者さんに伝えたい医師の本心
髙本眞一

妻を乳がんで失い、「患者の家族」を経験した著者は、自身が院長を務める三井記念病院でさまざまな試みに着手している。日本を代表する心臓外科医が考えた「理想の医療」の姿。

619
習近平の中国
宮本雄二

総書記就任以来、猛烈なスピードで改革を進める習近平。しかし、その改革によって共産党一党支配の基盤は崩れていかざるを得ない。「習近平を最もよく知る外交官」による中国論。

624
英語の害毒
永井忠孝

会話重視、早期教育、公用語化——その〝英語信仰〟が国を滅ぼす！　気鋭の言語学者がデータにもとづき徹底検証。「日本英語はアメリカ英語より通じやすい」等、意外な事実も満載。

634
プリンス論
西寺郷太

ポップで前衛的な曲、奇抜なヴィジュアル……すべては天才による〝紫の革命〟だった——。同じ音楽家ならではの視点で、その栄光の旅路を追う、革命的ポップ・ミュージック論！

新潮新書

343
戦後落語史
吉川潮

落語協会分裂騒動、立川談志一門の協会脱退など、六十年の歴史を総ざらい。栄枯盛衰を経てなお、人気を誇る落語の底力が分かる。現在の落語界が見えてくる格好の入門書。

348
医薬品クライシス
78兆円市場の激震
佐藤健太郎

開発競争が熾烈を極めるなか、大型新薬が生まれなくなった。その一方で、頭をよくする薬や不老長寿薬という「夢の薬」は現実味を帯びる。最先端の科学とビジネスが織りなすドラマ！

350
アホの壁
筒井康隆

人に良識を忘れさせ、いとも簡単に「アホの壁」を乗り越えさせるものは、いったい何なのか。日常から戦争まで、豊富なエピソードと心理学、文学、歴史が織りなす未曾有の人間論。

393
知的余生の方法
渡部昇一

年齢を重ねるほどに、頭脳が明晰になり、知恵や人徳が生まれ、人生が何倍にも充実していく。あの名著『知的生活の方法』から三十四年——。碩学による新しい発想と実践法のすすめ。

410
日本語教室
井上ひさし

「一人一人の日本語を磨くことでしか、これからの未来は開かれない」——日本語を生きる全ての人たちへ、〝やさしく、ふかく、おもしろく〟語りかける。伝説の名講義を完全再現！

新潮新書

421
マイ仏教
みうらじゅん

グッとくる仏像や煩悩まみれの自分と付き合う方法、地獄ブームにご機嫌な菩薩行……。辛いときや苦しいとき、いつもそこには仏教があった――。その魅力を伝える、M・J《みうらじゅん》流仏教入門。

422
復興の精神
養老孟司・茂木健一郎・曽野綾子・阿川弘之 他

「変化を怖れるな」「私欲を捨てよ」「無用な不安はお捨てなさい」……9人の著者が示す「復興の精神」とは。3・11以降を生きていくための杖となる一冊。

426
新・堕落論
我欲と天罰

石原慎太郎

未曾有の震災とそれに続く原発事故への不安――国難の超克は、この国が「平和の毒」と「我欲」から脱することができるかどうかにかかっている。深い人間洞察を湛えた痛烈なる「遺書」。

450
反・幸福論
佐伯啓思

「人はみな幸せになるべき」なんて大ウソ！　豊かさと便利さを追求した果てに、不幸の底に堕ちた日本人。稀代の思想家が柔らかな筆致で「この国の偽善」を暴き、禍福の真理を説く。

464
恐山
死者のいる場所

南　直　哉

イタコの前で号泣する母、息子の死を問い続ける父……。死者に会うため、人は霊場を訪れる。たとえ肉体は滅んでも、彼らはそこに在る。「恐山の禅僧」が問う、弔いの意義。